共和国故事

骤然涌起

——中国三次经商浪潮滚滚而来

王治国　编写

吉林出版集团股份有限公司

图书在版编目（CIP）数据

骤然涌起：中国三次经商浪潮滚滚而来/王治国编. —长春：吉林出版集团有限责任公司，2009.12

（共和国故事）

ISBN 978-7-5463-2097-7

Ⅰ．①骤… Ⅱ．①王… Ⅲ．①纪实文学－中国－当代 Ⅳ．①I25

中国版本图书馆CIP数据核字（2009）第000437号

骤然涌起——中国三次经商浪潮滚滚而来
ZHOURAN YONGQI　ZHONGGUO SAN CI JINGSHANG LANGCHAO GUNGUN ER LAI

编写　王治国

责任编辑　祖航　宋巧玲

出版发行　吉林出版集团股份有限公司

印刷　三河市嵩川印刷有限公司

版次	2010年1月第1版		2022年1月第9次印刷
开本	710mm×1000mm　1/16	印张 8	字数 69千
书号	ISBN 978-7-5463-2097-7		定价 29.80元

社址　吉林省长春市福祉大路5788号

电话　0431－81629968

电子邮箱　tuzi8818@126.com

版权所有　翻印必究

如有印装质量问题，请寄本社退换

前　言

自 1949 年 10 月 1 日中华人民共和国成立至今，新中国已走过了 60 年的风雨历程。历史是一面镜子，我们可以从多视角、多侧面对其进行解读。然而有一点是可以肯定的，那就是，半个多世纪以来，在中国共产党的领导下，中国的政治、经济、军事、外交、文化、教育、科技、社会、民生等领域，都发生了深刻的变化，中国人民站起来了，中华民族已屹立于世界民族之林。

60 年是短暂的，但这 60 年带给中国的却是极不平凡的。60 年的神州大地经历了沧桑巨变。从开国大典到 60 年国庆盛典，从经济战线上的三大战役到经济总量居世界第三位，从对农业、手工业、资本主义工商业的三大改造到社会主义市场经济体制的基本确立，从宜将剩勇追穷寇到建立了强大的国防军，从废除一切不平等条约到独立自主的和平外交政策，从"双百"方针到体制改革后的文化事业欣欣向荣，从扫除文盲到实施科教兴国战略建设新型国家，从翻身解放到实现小康社会，凡此种种，中国人民在每个领域无不留下发展的足迹，写就不朽的诗篇。

60 年的时间在历史的长河中可谓沧海一粟。其间究竟发生了些什么，怎样发生的，过程怎样，结果如何，却非人人都清楚知道的。对此，亲身经历者或可鲜活如昨，但对后来者来说却可能只是一个概念,对某段历史的记忆影像或不存在,或是模糊的。基于此,为了让年轻人,特别是青少年永远铭记共和国这段不朽的历史,我们推出了这套《共和国故事》。

《共和国故事》虽为故事,但却与戏说无关,我们不过是想借助通俗、富于感染力的文字记录这段历史。在丛书的谋篇布局上,我们尽量选取各个时代具有代表性或深具普遍意义的若干事件加以叙述,使其能反映共和国发展的全景和脉络。为了使题目的设置不至于因大而空,我们着眼于每一重大历史事件的缘起、过程、结局、时间、地点、人物等,抓住点滴和些许小事,力求通透。

历史是复杂的,事态的发展因素也是多方面的。由于叙述者的视角、文化构成不同,对事件的认知或有不足,但这不会影响我们对整个历史事件的判断和思考,至于它能否清晰地表达出我们编辑这套书的本意,那只能交给读者去评判了。

这套丛书可谓是一部书写红色记忆的读物,它对于了解共和国的历史、中国共产党的英明领导和中国人民的伟大实践都是不可或缺的。同时,这套丛书又是一套普及性读物,既针对重点阅读人群,也适宜在全民中推广。相信它必将在我国开展的全民阅读活动中发挥大的作用,成为装备中小学图书馆、农家书屋、社区书屋、机关及企事业单位职工图书室、连队图书室等的重点选择对象。

编　者

2010 年 1 月

目录

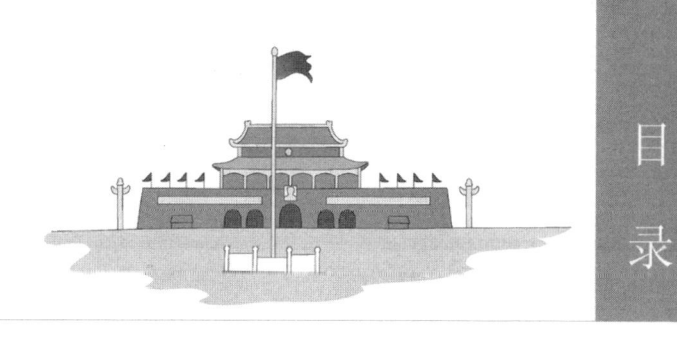

一、第一次商潮

中央决定转变工作重心/002

私营经济迅速复苏/006

掀起第一次经商浪潮/009

第一个民营研究所成立/012

第一个私企执照诞生/015

陈泽民创办三全食品/022

王石的下海经商之路/029

张瑞敏下海带出海尔/044

张近东经商异军突起/053

二、第二次商潮

掀起第二次经商浪潮/058

朱志平抓住每次商机/062

王文京创办软件公司/065

三、第三次商潮

掀起第三次经商浪潮/078

赵长军下海发挥专长/089

母润昌超越自我做期货/096

周卫军毅然扔掉铁饭碗/100

目录

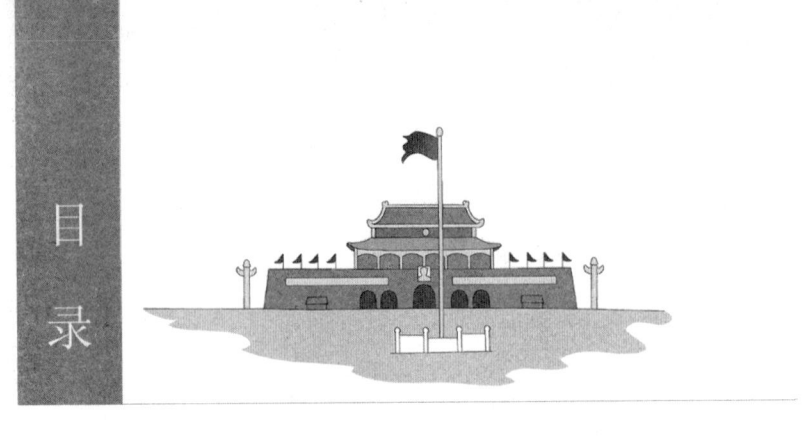

白艺丰抛弃职称与房子 /106
黄婉秋尝试文商并兴 /109

一、第一次商潮

- 那些小商小贩及留洋打工、倒腾紧缺商品的人,开始过上悠闲、富裕的生活,成为大家羡慕的对象。

- 初来乍到,只能和在内地一样,先从做贸易开始,通过贸易积累资金,了解外面的市场。

- 要想收听到节目,陈泽民还要爬到房顶、大树等高处去架设天线,并且要反复爬上爬下,调整天线的方向、角度。

中央决定转变工作重心

1978年11月初,首都北京的气温开始由凉转冷,一时间,大街小巷的树木仿佛被染上了秋的颜色,或红或黄,煞是美丽。

11月10日,在这个诗一样美的季节里,中央工作会议在北京京西宾馆隆重举行。

参加这次会议的有各省、自治区、直辖市和各大军区的主要负责人,有中央党、政、军各部门和群众团体的主要负责人,共213人。

于是,这个一向宁静的,被誉为中国"最安全的宾馆"和中国"会场之冠"的京西宾馆,突然之间热闹了起来。

中午过后,京西宾馆门前一辆辆汽车送来了与会的同志,党和国家的主要领导人几乎全部聚集到这里来了。

这次会议为党的十一届三中全会的召开做了充分的准备,是启动国家伟大的历史性转折的一次极其重要的会议。

实现党的工作重心的转移,是参加这次会议全体人员的共同愿望,是大家都同意的。但是,以什么作为指导实现工作重点转移的方针,却有不同意见。

11月12日,时任全国人大常委会副委员长的陈云,在中央工作会议上东北组发言时，针对党的历史上的若干重大问题提出新看法。

陈云铿锵有力地说：

> 我完全同意中央从明年起把工作着重点转到社会主义建设上来！

陈云的意见获得与会同志的热烈响应，会议气氛马上活跃起来。更重要的是，陈云的发言还提示人们，要解决历史上遗留下来的重大问题，要有一种解放思想，实事求是，敢于冲破禁区的精神。

12月13日，在中央工作会议闭幕式上，邓小平作了题为《解放思想，实事求是，团结一致向前看》的重要讲话。

在讲话中，邓小平高度评价了持续半年多的真理标准大讨论。他强调，解放思想是当前的一个重大的政治问题，不打破思想僵化，不大大解放干部和群众的思想，四个现代化就没有希望。

更引人注目的是，邓小平在这个重要讲话中，主张让一部分人和一部分地区先富起来。

他说：

> 要允许一部分地区，一部分企业，一部分工人、农民，由于辛勤努力成绩大而收入先多

一些，生活先好起来。

一部分人生活先好起来，就必然产生极大的示范力量，影响左邻右舍，带动其他地区、其他单位的人们向他们学习。

这样，就会使整个国民经济不断地、波浪式地向前发展，使全国各族人民都能比较快地富裕起来。

邓小平这一观点的提出，打破了长期以来平均主义泛滥所导致的效率低下和普遍贫穷的状态，激发了国民创造财富的欲望，给国民经济发展注入了新的动力，同时也为日后私营企业的发展创造了极为重要的政策环境。

中央工作会议原计划在13日举行闭幕式之后应该结束，但与会者认为邓小平的讲话非常重要，纷纷要求延长两天学习讨论。

就这样，中央工作会议于12月15日结束。

中央工作会议结束后第三天，具有巨大转折意义的党的十一届三中全会召开了。

由于中央会议做了充分准备，党的十一届三中全会从12月18日到22日，只开了5天，就圆满完成了各项议程。

12月22日，党的十一届三中全会通过了全会公报。公报郑重宣布：

全党工作的着重点应该从1979年转移到社会主义现代化建设上来。

这一重大决策，解决了从1957年以来没有解决好的工作重点转移问题，这是党在政治路线上最根本的拨乱反正。全会毅然抛弃了"以阶级斗争为纲"，提出把全党的工作重心转移到经济建设上来。

党的十一届三中全会公报虽然没有直接提及私营经济问题，但是已经把改革开放的大门打开。沿着这个方向发展，私营经济复苏将是题中应有之义。所以，随着党的十一届三中全会召开，饱受歧视和摧折的中国私营经济也迎来了破土而出的春天。

党的十一届三中全会后，一种活跃的气氛，一种改革的期待，从中国社会的方方面面不可阻挡地升了上来。那些"偷偷摸摸"干着个体的小生意人，此时也似乎吸到了氧气。

不错，一种生气勃勃的大氛围使他们开始有了新的希望。

私营经济迅速复苏

随着政策的逐渐放活,越来越多的人意识到"气候要变了"。与此同时,更有一些人勇敢地迈出了开创私营企业的第一步,尹盛喜便是这支勇者队伍里的一员。

尹盛喜 1938 年 10 月出生于山东肥城。1964 年到 1978 年,他在北京前门的大栅栏街道办事处工作。虽说职务并不显赫,但"旱涝保收"没问题。

在当时,在那个千万知识青年人人求职而不得的年代,这份"铁饭碗"还颇招人羡慕。

然而,不甘平凡的尹盛喜并没有过多地留恋这个"铁饭碗",他已经开始准备创业了。

1979 年,尹盛喜不顾社会的讥讽与亲朋的不解,毅然下海,领着几个待业知识青年,办起了北京大碗茶青年茶社。

尹盛喜从银行借了几千块钱,领着一拨儿待业青年,在北京前门、大栅栏一带露天摆几个摊,两分钱一碗,卖起了大碗茶。

喝大碗茶,乃是北方流行的习俗,它和福建工夫茶、广东早茶的细品慢咽不同,路边大壶冲泡,大碗畅饮,粗犷随意,提神解渴。一张桌子,若干粗瓷大碗即可。老百姓逛街渴了,来一碗大碗茶,咕咚咚喝下去很是畅快。

当然，大碗茶受欢迎的另一个理由就是便宜实惠，老百姓消费得起。所以，无论是车间工地、轮船码头，还是田埂树下、路边凉亭，大碗茶最有人缘。

尹盛喜平素能拉会唱，酷爱民乐，熟习书法，尤喜京剧、昆曲，下海选择中国特色的大碗茶，也符合他的个性。再说，这个选择是颇具市场眼光的。

当时的北京，远不如后来繁华多样，老字号林立的前门大栅栏，差不多就是外地人首选的旅游景点和购物场所了。

在这里，每天人头涌动、摩肩接踵。烈日当头之际，劳累不堪的顾客自然会选择路边方便解渴的大碗茶，在这里摆摊卖大碗茶，真可以说是薄利多销。

创业之初，非常辛苦，骄阳似火，冲茶倒茶，伙计们两条胳膊如同流水线上的装瓶机似的没个停歇。汗流之际，不小心烫着胳臂和手指，更是家常便饭。

尹盛喜带着小青年，硬从这两分钱一碗的茶里头赚钱，实在不容易。同时，当时很多人对这类摆摊卖茶的"工作"很是看不起，认为这是"没档次""丢脸"。

经过尹盛喜等人的辛苦努力，北京人碗茶青年茶社变成了北京大碗茶商贸公司。

不久，大碗茶商贸公司投资创办了改革开放之后京城第一家京味儿茶馆，即老舍茶馆。

老舍茶馆宫灯高悬，细瓷盖碗，硬木八仙桌、太师椅，用锃亮的铜茶壶沏茶，每位客人都可品尝到宫廷细点和应时京味儿小吃。

京城戏曲、曲艺、杂技界名流天天在这里举行精彩演出，每年演出达 600 场。茶馆还开设了能够举办高档特色宴会的大碗茶酒家。

尹盛喜在改革的春风里成功地证明了私营经济的发展活力。

当时，在中央对私营经济初步解禁的时候，和尹盛喜一样开始经营私营企业的还有很多，人们形象地称之为私营经济开始复苏了。

掀起第一次经商浪潮

1984年充满了悬念，也充满了风险和机遇。这一年，一个略显戏谑和暗示意味的词进入人们的视野。这个词过去只在梨园或风月场中流传，是一个上不了台面的下三流字眼。然而，它很快成了人们的口头禅。它让人想入非非，也给人们带来了好奇和想象。

这个词，便是"下海"。

"下"有屈身之意，而"海"则充满了风险。

在1984年这一年，下海成了很多人抛弃铁饭碗，辞职或留职停薪转行从商的代名词。从此，商界也被人们喻为商海。

当年这么做是需要勇气的。1982年，有过一次打击严重经济犯罪的运动，温州"八大王事件"当时家喻户晓。

"八大王"指的是温州第一批成功的个体户，有"螺丝大王"、"五金大王"、"目录大王"、"矿灯大王"、"翻砂大王"、"胶木大王"、"线圈大王"和"旧货大王"。这"八大王"不仅被戴上"投机倒把"的帽子，更有的被判刑，有的进了"学习班"。这一行动对群众中刚刚涌动的致富热情，无疑是致命一击。

1984年初中央一号文件，提出要鼓励农民兴办各类企业,给"八大王"的商业行为松了绑。

这年1月,邓小平在王震、杨尚昆的陪同下,专程来到了中国第一个改革开放"试验田"深圳,这是邓小平的第一次南行。

据当时蛇口工业区总指挥袁庚回忆,他连夜让人加班做了"时间就是金钱,效率就是生命"的牌子,放在蛇口区的入口处。当邓小平视察蛇口时,袁庚便向他请教这个口号的提法对不对。邓小平只回答了一个字"对"。

那些先知先觉的人,已从这些信号中获得了足够多的暗示。民众对经商的态度,开始发生了本质性的变化。那些小商小贩及留洋打工、倒腾紧缺商品的人,开始过上悠闲、富裕的生活,成为大家羡慕的对象。

据《中国青年报》调查,那一年最受欢迎的职业排序前三名是出租车司机、个体户、厨师,而最后三个则是科学家、医生、教师。一时间,"拿手术刀的不如拿剃头刀的,搞导弹的不如卖茶叶蛋的",成为四处流传的顺口溜。

渐渐地,"投机倒把"这个词没人提了,"下海"成了人们常用的问候语,而"倒爷"则成为人们眼中体面的职业。

小倒爷们肩扛尼龙袋,在火车硬座的座位下,蜷曲身体做着金钱的美梦;大倒爷们,凭着炫目背景,拿着一张张批条,靠赚取计划价格与市场价格之间的差额,一夜之间成了暴发户。

也是这一年，王石来到深圳下海了。他的第一桶金是当倒爷获得的，倒卖玉米竟然让他赚了300万元，他还倒过外汇、日本电器等等。

第一批下海吃螃蟹的人，并不是每个人都这么幸运。1994年被处决的沈太福，也是这一年下海的。他从科协辞职，办起了吉林省第一家个体科技开发咨询公司，每天骑着辆破自行车在街头巷尾刷广告。

后来，沈太福因创办北京长城机电公司辉煌一时，最终却因10多亿元的"第一非法集资案"，葬送了性命。

下海是充满了风险，然而，它却像一个逃出牢笼的精灵，也让人体会到了自由的快感。

1984年10月，国家终于通过了《关于经济体制改革的决定》。

第一个民营研究所成立

1983年4月15日,陈春先等人从科学院分化出来,在海淀区政府支持下,成立北京市海淀区新技术开发研究所,后改名为北京市华夏新技术开发研究所。

就这样,北京市第一个民营研究所成立了。

北京市的民营科技企业、中关村电子一条街、中关村开发试验区正是从这里开始了历史的进程。

早在改革之初,位于北京西郊的中关村,拥有30多所大学和130多个科研机构,这里很多大学和科研院所都是中国一流的。

这里聚集了几万名高科技人才,集中了大量先进装备和仪器,是世界上少有的智力密集区。

然而,由于种种因素制约,在很长一段时间里,这里的科研成果很难转化为生产力,专业人才受到压抑。中国科技发展的很多根本性缺陷在这里充分暴露。

10多万个聪明的脑袋,拥挤在科研与教学的封闭体系内,互相碰撞,互相牵制,互相磨耗,互相抵消。

多少个科研成果被束之高阁,原以为它会转化为生产力,可惜只开花不结果。

憧憬落空了,只剩下叹息。

党的十一届三中全会的改革号角,打破了这死气沉沉的静寂。这些沉默了多少年的一流人才开始了他们的创业之路。

第一个吃螃蟹的人叫陈春先，1935年生人，中国科学院物理研究所研究员、物理研究所一室主任，中国研究核聚变的几大魁首之一，北京等离子体学会副会长。

1978年到1981年，陈春先3次到美国。

在美国时，以旧金山附近的硅谷和波士顿附近的128号公路为中心的两个技术扩散区的经验，使他大受启发。在这里，斯坦福大学和麻省理工学院这两个研究中心分别把科研成果扩散到周围地区，大批技术密集型的公司和工厂应运而生，科研成果迅速转化为生产力，潜在财富变成了真正的财富。

此时，陈春先强烈地意识到自己所在的北京中关村就是这样一个地区。

1980年10月23日，在物理所一个挂满了蜘蛛网的破烂库房里，陈春先、纪世瀛、崔文栋、曹永仙等10人一起成立了北京等离子体学会先进技术发展服务部。

在当时，服务部的人员都是兼职，星期日是他们最忙的日子。两年之内，陈春先、纪世瀛等4位所谓头头每人每月只拿7元津贴。

不过，他们很快就承担起了几十项开发、研制和咨询项目。这颗火种旺盛地燃烧着，照亮了那些不甘寂寞的科技工作者的心，鼓励他们用自己的一技之长为社会服务。

然而，不久陈春先等人就受到来自院、所领导的压力。"二道贩子""经济问题""搞乱了科研秩序"等等，一顶顶大帽子从天而降。接着是科学院纪委立案侦查，更使形势变得异常严峻。

关键时刻，新华社一篇反映陈春先困境的内参引起了上边关注。当时的中央领导人胡耀邦、方毅相继作出批示：

> 陈春先同志的做法是完全对头的，应予鼓励。
>
> 陈春先同志带头开创新局面，可能走出一条新路子，一方面较快地把科技成果转化为直接生产力；另一方面多了一条渠道，使科技人员为四化作贡献。一些确有贡献的科技人员可以先富起来，打破铁饭碗、大锅饭。

一场麻烦就这样过去了。

第一个私企执照诞生

1985年4月13日,受国家工商总局委托,大连市工商局将在这一天颁发全国首个私营企业执照。

在此之前,姜维早就想好了,就用"光彩"二字作为公司名。

那天早上,姜维和准备记录这一时刻的新华社记者一起到了大连市工商局。不料,工商局老局长想不通为什么当初国家消灭私营经济,如今自己却要亲自给它送上"准生证"。

老局长坚持不肯发,别扭了半天之后,姜维才终于拿到了这个不同寻常的执照。

早在1980年,辽宁省大连市文化局一下子就接收了400多名回城人员,复转军人姜维也是其中之一。

虽然接收了,但如何安置这些人却是个大难题,于是,安置工作迟迟没有解决。

漫长的8个月的等待,让姜维这个30岁的小伙子感到烦躁。他决心靠在部队当文艺兵的底子,做点小生意。

姜维的想法一说出来,便立刻遭到父母的坚决反对。"好人都有工作,没工作的人才干个体户",那个时代瞧不起个体户。而姜维在部队时是营级干部,只要安置了岗位,就是铁饭碗。

到了冬天，姜维终于说服了父母，拿妹妹当临时工挣的 400 元，买了一台"海鸥"相机，在大连市动物园的门口摆起"照照看"照相摊。

开张的头一天，姜维就挣了 3 元，而 1981 年劳动节那天竟然挣了 500 元，顶上一个普通工人一年多的收入。

丰厚的回报给了刚刚创业的姜维以巨大的精神鼓舞，他决定继续干好他的那个在当时被人瞧不起的个体户。

不久，中央明确提出，将发展个体经济作为解决就业的重要途径，"鼓励和扶植城镇个体经济的发展"。

于是，就在挣到"第一桶金"时，动物园门口的个体照相者增加了 6 家，而全中国个体户的数量，已由 1978 年的 14 万户发展到了 185 万户。

个体户的生意火了，但地位并没有改变，仍得不到尊重和理解。一次，两个不满 20 岁的工商部门的工作人员让姜维端正站着，不停地教训他。

个体执照动辄被没收，然后再求爷爷告奶奶地要回来。更有甚者，在严打的时候，一句"净化城市"，姜维他们像尘土一样被清出营业场所。

1982 年，曾和姜维一起在电影厂工作过的斯琴高娃到大连拍电影，约姜维见面。姜维当时很想见面但没去。姜维想到斯琴高娃已负盛名，自己却是个体户，心里有隔阂。

虽没有地位，但是姜维等个体户也有很开心的时候。每晚收摊后，姜维和其他 6 家照相摊的兄弟，结伴到繁华的天津街上吃两角钱一碗的"焖子",而一般人只吃得起 5 分钱一小碟的。

卖"焖子"的大妈看见他们,会乐呵呵地喊一句"大户来了",这时,自豪感会涌上姜维他们的心头。

1983 年 8 月 30 日,辛苦了一天,刚冲洗完胶片的姜维正在吃晚饭。

收音机中忽然传来了时任中共中央总书记胡耀邦的声音:

> 现在社会上有一种陈腐观念妨碍我们前进。例如,谁光彩,谁不光彩……从事集体和个体劳动同样是光彩的,因为你们为国家和人民作出了贡献……我请同志们回去传个话,说中央的同志讲了,集体经济和个体经济的广大劳动者不向国家伸手,为国家富强,为人民生活方便作出了贡献,党中央对他们表示敬意,表示慰问!

那一刻,姜维真是激动万分,泪水一下冲出了他的眼眶,个体户终于被别人看得起了,而且是中央的领导们。

第二天,在动物园门口照相的几个人都买了当天的《大连日报》,上面全文登载了时任中共中央总书记的胡耀邦在全国发展集体经济和个体经济安置城镇青年就业先进表彰大会上的讲话，标题为《怎样划分光彩与不光彩》。

买到报纸后，姜维他们7个人都停下生意，坐在一起读报纸，一边读一边哭。

路过的行人感到奇怪，走过来问怎么了，7个人抬起头，说："胡耀邦说我们是光彩的！"

姜维感到从这天起，他要积极向上地活着，因为他终于觉得活着有意义了。

于是，姜维的世界变了。

姜维在繁华的中山街租了个小门面，门外的墙上却悬挂了5米长、3米宽的匾额，上书"姜维影书社"，开业那天，他还请来了大连的很多名人。

1984年2月，一位香港商人到大连考察投资，了解了姜维的影书社后，表示可以成本价提供一台19.8万元的彩色洗印机。

然而，这一天价难住了姜维。突然，与外商合资经营的想法从他脑子里跳了出来。当他说出了自己的想法后，港商立即同意了，大连市领导也十分重视。

但是，就在准备签合同时，政府忽然告诉他：不许再提合资的事了。

原来，政府工作人员查遍了有关中央文件，也看了宪法和中外合资法，都不允许个人同外商合资。

面对困难，倔强的姜维不肯放弃，他决定到北京去"找政策"。

在当时，中国还没有身份证，要到各个部门，需手持县团级的介绍信才能登堂入室，而姜维什么都没有。

在北京奔波近 3 个月，无数次被拒之门外后，姜维毫不气馁，终于，有了转机。

一天，在一次活动中，姜维见到了时任团中央书记处书记、中央办公厅主任的王兆国同志。之后不久，1984 年 5 月，时任全国人大常委会副委员长的王任重在家中接见了姜维。

这次谈话近 4 个小时。谈完后，王任重说，要将这件事立即报告给胡耀邦同志，并写信给时任国家工商总局局长的任中林，要他接待姜维。

第二天，在国家工商总局，任中林和 4 位司局长同姜维一起谈话。

姜维着急地问："个体户怎么样才能有法人资格？"

任中林说："那只有将个体户变成私营企业。"

姜维回答道："那就变呗。"

任中林严肃地说："小同志，你知道吗，我们党在 1957 年向全世界宣布，经过社会主义改造的伟大成果就是取消了私营企业……你一句话，变了呗，怎么变，我可说不好。"

此时，又一位司长说："姜维同志，还有一个问题，那就是雇工问题。"根据当时的规定，雇工不能超过 8 个人，否则视为剥削。

姜维急了，说："我不管，反正耀邦同志说我们是光彩的，我是共产党养大的，我不会剥削人，也不会当资本家。"

任中林笑了，说："小同志不要着急，正是耀邦同志的讲话，才给了我们来同你研究你提出的问题的勇气，如果你作为私营企业同港商合资办企业，那你就是资本家，不过你是我们党培养起来的资本家。现在任重同志这样关心你，相信党中央，相信耀邦同志吧。"

不久，姜维借住的友人家里，突然来了两个人。

一位是王任重的女儿王晓黎，另一位是胡耀邦的儿子胡德平。

当来人自我介绍后，姜维惊呆了。

一席交谈后，胡德平带着姜维写的材料，蹬着一辆旧自行车走了。

这一次，姜维很快就接到了国务院经济法规研究中心的通知，要他到中南海去研究成立公司一事。

参加会议的有全国人大、国家工商总局、对外经济贸易部、海关等部门。

在此次会议上，关于私营经济问题争论很激烈。

许多年后，姜维在深圳遇到了当年曾任国务院副秘书长的李灏。李灏说："姜维同志，你的事，耀邦同志没少费心。我们当时也有许多无法解决的问题，可耀邦同志说，让他先试办一下嘛。就这样，你的公司才得到国务院的特例批准。"

1984年11月9日，时任中央经贸部副部长的魏玉明在办公室里向姜维宣布:"你要办的私营公司经国务院批准,可以同港商合资办公司了。"

接过特批文件,奔波了几个月的姜维激动万分,眼泪禁不住流了出来。

第一个私营经济"准生证"的诞生,在当时引起了很大反响,新华社发了通稿,许多国家的报纸也都报道了此事,并作了评论。

姜维创办的光彩公司的成立,标志着销声匿迹 20 多年的私营企业又重新出现在印着国徽的文件上,姜维也将作为中国第一家私营企业经理载入中国经济体制改革史册。

若干年后,身处北京,时任光彩中国实业集团的董事长兼总裁的姜维,回首往事,仍激动地说:

> 我所接触的环境和人物都比较超前,正是那个环境和年代给予了我这些东西。

是啊,正如姜维所说,正是有了中央的解禁,正是有了那些意识超前、敢于突破的人们,中国的私营经济才在那种限制颇多的环境下一步步发展起来。

陈泽民创办三全食品

1965年，陈泽民从医学院毕业，主动要求到四川工作。在这一年中，身为外科医生的他发明了不少当时很实用的医疗器械，荣获"全国科技标兵"称号。

陈泽民3岁起就跟随身为炮兵专家的父亲过着随军生活，辗转各地。

10岁时，他和同学们一起到电影院、戏院里捡烟头、废品卖钱，支援志愿军抗美援朝。

陈泽民从小就是个无线电爱好者。从矿石收音机到真空管收音机，再到后来的半导体收音机和电视机、录音机、录像机，他都能组装和维修。

第一台矿石收音机，陈泽民制作了5天，期间有3天熬夜，一次是通宵。但当"这里是中央人民广播电台"的声音响起时，他觉得所有的辛苦仿佛都烟消云散了。看着一大堆不相干的东西，拼装起来就可接收到千万里之外的信号，他感觉到科技的力量太不可思议了。

由于当时无线电事业不发达，要想收听到节目，陈泽民还要爬到房顶、大树等高处去架设天线，并且要反复爬上爬下，调整天线的方向、角度。"那时便体会到，要想做成事情一定要敢于冒风险。"他后来说。

无线电所激发的发明创造的兴趣，一直激励着陈泽民。初中时，学校提倡勤工俭学，于是，陈泽民学会了理发。每逢周末，他就背着书包带上理发工具，到农村去给农民理发。有时候他还和同学们一起出去打小工，他也做过泥瓦工、装卸工。

由于刻苦学习，他掌握了很多技能。这一时期，他制作的石英管收音机被送到北京参加青少年手工作品展。

高中时，他竟然利用理发推子的使用原理，帮农民制作了一台收割机模型。

1979年，陈泽民调回郑州市第五人民医院工作。当时单位里有一台价值几十万元但是被水淹后报废的大型X光机，陈泽民硬是利用几个星期的业余时间把它拆开修理好了。他甚至还仿照在北京展览会上看到的一台日本产的洗衣机，制造了当时郑州第一台土造洗衣机。

1984年，陈泽民被调到郑州市第二人民医院当副院长。但他在业余时间还是总想干点什么。

1989年，陈泽民和爱人借了1.5万元办起了"三全冷饮部"，当时制作冰激凌普遍使用一种化学原料，需加热，冷冻过程因此加长。陈泽民改用另一种植物原料，常温下水溶后即可使用，不仅制作时间加快，而且口味好，因此他的生意非常火爆。

可是每年10月之后，冷饮业进入淡季，冷饮部几十个工人就不知道干什么好。

在四川的日子里，陈泽民和爱人向当地人学会了做汤圆、米花糖等特色食品。回郑州以后，逢年过节，陈泽民夫妻都要做许多汤圆送给亲戚、朋友尝鲜。品尝过的人，无不交口称赞。许多人都表示，如果市面有售，宁可掏钱买。陈泽民由此意识到汤圆里蕴涵着巨大的商机。

这时候，陈泽民想起来有一年冬天到哈尔滨出差，见当地人包饺子一次包很多，吃不完就放到户外冻着，于是他突发奇想：饺子能冻，汤圆也应该能冻，自己家做的汤圆冷冻起来拿到市场上卖，肯定会受欢迎。而且冷冻可以解决长时间保鲜的难题。

但一个瓶颈问题是：汤圆由外到内都冻透，耗时过长，成本太高。

受夹心冰激凌两步制作方法的启示，陈泽民又想到了办法：先把汤圆芯冻实，包上皮之后再冻一次。这样不仅缩短了冷冻时间，还解决了以往液体汤圆芯包制时不易成形的问题。

正是这样一个看似简单的办法，使陈泽民成为中国第一个速冻汤圆发明人。

经过三个月的摸索、攻关，从原料配方到制作工艺程序，从单个粒制作到包装排列，从包装材料到包装设计，从营养、卫生到生产、搬运等等，陈泽民拿出了整体的设计方案。他甚至自己设计、制作出国内第一个速冻汤圆生产线，做出了中国第一批速冻汤圆，他的"二次速冻法"还申请了国家专利。

1990年下半年，电视剧《凌汤圆》在中央电视台热播，陈泽民立即给刚刚研制出来的速冻汤圆起名为"凌汤圆"，并在第一时间注册申请了"凌""三全凌""三全"商标。

发明出市场上独一无二的产品，成功的大门向陈泽民敞开了。但是，如何让商家和客户接受？

1989年，时任郑州市第二人民医院副院长的陈泽民，就已经心态坦然地上门推销小食品。

第一批三全汤圆出炉次日，下了班，年近50岁的陈泽民蹬着三轮车开始推销产品。到郑州市当时最大的商场刘胡兰副食品商场推销。

他诚恳地介绍完产品特点后，现场烹煮，亲手盛到碗里，谦恭地征求他们的意见，并请求试销。商场经理和售货员决定留下两箱。第二天，陈泽民便接到了商场经理的电话："供不应求，再送10箱。"

在之后，他又拜访了郑州市的几大商场，也争取到了"送两箱试试"的待遇。然而，不久，经理们就向陈泽民提出希望他能长期大量供货。

一传十，十传百，三全汤圆很快成为风靡郑州的食品，三全食品厂的门口每天都排着前来购货的车龙。尽管在郑州已经供不应求，但陈泽民没有满足于现状，他觉得应该更进一步开拓市场。

1990年春节前，陈泽民到北京开会时，带着速冻汤圆模型到西单菜市场，向商场负责人推销。经过耐心讲解，负责人答应进两吨试销。

结果两天后，会还没开完，三全厂就接到西单菜市场经理的电话，让他以最快速度再送来 5 吨。接下来，北京的多家副食品商场竞相要货。

北京市场的顺利开拓，使陈泽民信心大增。陈泽民于是花 4000 元买了一辆二手昌河面包车，每个周末，冒着寒风、酷暑奔走外省。

此后，陈泽民先后在西安、太原、沈阳、济南、上海等大城市建立了销售渠道。

经过一年多的市场开拓，陈泽民认识到速冻食品将成长为一个庞大的产业。

1992 年 5 月，陈泽民正式决定辞去公职，下海经商，专心卖汤圆，并开始组建"三全食品厂"。

陈泽民租下了一个大厂房，自己设计、自己购料、自己动手，建成了我国第一条自动化汤圆生产线，使汤圆的日产量由原来的不足 2 吨，猛增到 20 吨。1993 年，日产量更达到 30 吨，实现了速冻食品由小作坊手工作业向现代化大生产的转变。

在当时，一套进口的速冻机需要 1000 多万元，国产的也得 100 多万元，陈泽民就自己买材料，自己设计制造，硬是建起了当时国内第一条速冻汤圆生产线，正式走上工业化生产的轨道。

1992 年下半年，陈泽民把生产管理交给家人，一个人开着一辆 4000 元买来的二手旧面包车，拉着冰箱、锅碗瓢盆、燃气灶，到全国各地现煮现尝地跑推销。

在陈泽民看来，这是一段非常艰辛的经历。可就是用这种最笨的方法，"三全汤圆"在全国各地的市场迅速打开。

由于市场形势良好，1995年前后，全国出现了大量仿制"三全汤圆"的企业。这时候，陈泽民审时度势，决定放弃对同行侵害自己专利的追究。

他说：

> 速冻食品是个技术门槛很低的行业，专利官司打不胜，耗费精力得不偿失。中国的速冻食品业正处于起步阶段，仅靠一个三全是无法满足巨大的社会需求。海外的速冻食品工业比我们先进得多，你挡住了身边的同胞，也挡不住别人登陆上岸，与其让海外企业长驱直入，倒不如本土同胞齐心协力，把市场迅速做大，在较短的时间里形成有一定抵抗力的民族速冻产业。而我要做的，就是苦练内功，永远保持领先的位置。

也就是从1995年起，三全的发展速度明显加快，且越来越快。

1995年，三全被国家工商局评为"全国500家最大私营企业"之一。

1997年，国家六部委将"三全食品"列入中国最具竞争力的民族品牌。

2004年，企业销售额为14亿元，列中国私营企业纳税百强第六十一位。

2005年，企业销售额预计将达到20亿元，稳居中国速冻食品企业龙头位置。

回顾创业之路，陈泽民认为，一个人创业的目标可以很远大，但要一点一点地从小处做起。

陈泽民说：

> 一个人在幼年、青年时代受到的磨炼，是他一生中最宝贵的财富。小时候勤工俭学和青年时的艰苦劳动，造就了我不怕吃苦的性格，并且让我深深地认识到：只有通过劳动，才能创造财富。

王石的下海经商之路

王石 1951 年 1 月生于广西柳州，兰州铁道学院给排水专业毕业。1983 年到深圳经济特区发展公司工作；1984 年组建深圳现代科教仪器展销中心，即后来"万科企业股份有限公司"的前身，任总经理；1988 年起任万科企业股份有限公司董事长兼总经理，1999 年 2 月辞去公司总经理一职，任万科公司董事会主席。

1977 年，王石从兰州铁道学院给排水专业毕业后，被分配到广州铁路局工程五段做技术员，当时他的工资是每月 42 元。

1983 年 5 月 7 日，在王石的生命中是一个重要的转折点。这一天，抱着想做点事的想法，他乘广深铁路抵达深圳。

当他看到一个巨大的建设工地般的深圳，"兴奋，狂喜，恐惧的感觉一股脑涌了上来，手心汗津津的"，他强烈地意识到这块尘土飞扬的土地孕育着巨大的机会。

一天，王石去蛇口的路上，看见高高耸立的几个白铁皮金属罐，那里面储藏的全是玉米。

广东不产玉米啊，经打听，玉米来自美国、泰国和中国东北。其中来自东北的玉米却不是直接从东北运来的，因为解决不了运输的问题。

经过一番调研，王石了解到，只要能解决运输工具问题，运来的玉米不愁没人要。他找到广州海运局，对方回答只要有货源，随时开通。

他找到正大康地，说他能解决运输，他可以组织来玉米，他问："你们要不要？"

"要！马上就可以签合同！"

于是，玉米生意开始了。

特发公司立即设立了一个"饲料贸易组"，由王石任组长，独立核算。

玉米到了，第一次30吨的玉米生意成交。

王石在自行车后座上夹了两个条纹塑料口袋，骑车到了养鸡公司。

"我来收钱。"他向养鸡公司的袁经理扬了扬手中的编织袋。

"发票呢？"袁经理问。

发票是何物，王石不好意思问，但他立刻想到，无非就是收款证明一类的东西。

王石回到特发公司，对财务部的小张说："给我开个收款证明！"

暨南大学财会大专班的毕业生不懂"收款证明"。

"你就写收到谁多少钱，特此证明。就行了。"

小张一边嘟噜着"从来没有开过这样的证明"，一边照办，还加盖了财务章。

再骑上自行车，后座还是放着编织袋，特发公司饲料组王石组长又到了养鸡公司,对袁经理说:"给,发票。"

袁经理笑得前俯后仰,一边咳嗽一边带王石"参观了发票的真面目"。

"他们要发票。"王石再次回到特发的财务室。

"早开好了,我还纳闷不开发票怎么能收到钱。"小张说。

王石又一次来到养鸡公司财务室,他彻底糊涂了:塑料袋仍然没有用上,却拿到两张一模一样的薄纸,即银行转账单。

特发公司财务室的小张告诉王石,这个转账单就是钱,如果对方账卜有钱的话。

王石在这两来两往的经历中,深刻感受到业务知识的贫乏,尤其财务方面,更是个门外汉。

从那以后,他每天下班无论多晚,都要看两个小时的财务书,还学着记账,跟财务对照。

三个月以后,他阅读财务报表就没有障碍了。

就这样,三四个月之后,通过做玉米生意,他赚了40万元。

1983年8月,香港媒体的新闻报道说,鸡饲料中发现致癌物质。

一夜间,香港人不再吃鸡肉,改吃肉鸽,畅销的玉米成了滞销货,王石只得把30吨玉米以1.2万元的低价卖给鱼塘佬养鱼,相当于每吨400块。

整个一算下来，他赔了 110 万，把白手起家赚的 40 万搭进去，还有负资产 70 万。

足足睡了 24 小时，王石起来打点行装，踏上北去的火车，再从广州搭上飞大连的航班。

找到大连粮油进出口公司，将所有 1.5 万吨玉米全收了，第二站天津，第三站青岛，把外贸库存的玉米全买下来，总共 3 万多吨。

此时王石已经濒临破产了，为什么还敢豪赌？这就是王石。

如果玉米运到深圳，还没有唤起香港人吃鸡的热情，就会造成更大量的玉米积压；如果玉米到了深圳 100 天后香港人仍然固执地"以鸽代鸡"，那王石只有彻底认输了。

还差两天，7000 吨的货船就要停靠蛇口赤湾码头了，这时香港报纸刊登了一条消息：之前的报道有误，饲料中不存在致癌物质。

这消息如同一场及时雨！

香港两家大饲料厂全向王石订货，这一次，他不仅弥补了赔掉的钱，还赚了 300 多万元。

王石来到赤湾港，站在一个高台上，看着万吨巨轮耸立眼前，载重翻斗车一辆辆向正大康地、远东驶去，掀起尘烟滚滚，他双手叉腰仰望天空，感觉天空是那么蓝，云朵是那么白。

他的玉米畅销时，从成本的角度考虑，超过 200 公里距离，通过铁路运输较划算，但特区内的饲料产品并没有纳入铁道部门的货运计划，要想利用铁路运送成品饲料只有申请计划外指标。打听之后，王石了解到计划外指标很难申请到。

王石还了解到笋岗北站货运主任姓姚，抽烟，也得知了他的住处。

怎么同姚主任套近乎呢？他交代手下邓奕权买两条三五牌香烟给姚主任送去。

"烟放下，什么也不要说就回来。"王石交代道。

两个小时后，小伙计提着香烟回来了："主任不收。"

"真没用，两条烟都送不出去！不会赚钱，还不会花钱？"

王石决定亲自出马。他骑自行车到了铁路宿舍，敲门进了屋，将两条烟放到了桌子上，动作却不大自然。为了获得商业上的某种好处给对方送礼，他还是第一遭。

"要车皮的吧？"货运主任笑吟吟地问。

这种开门见山的询问，让他反而不知该怎么回答。

王石心想：若说"是"，突兀了点；若说"不是"，我来干吗？

"能给批两个计划外车皮吗？"他终于还是说明了来意。

姚主任将两条烟递到他手上："哪，烟你拿回去，明天你或小伙计直接去货运办公室找我。别说两个车皮，就是10个也批给你。"

王石愣住了。

"我早注意到你了,你不知道吧?在货场,常看到一个城市人模样的年轻人同民工一起卸玉米,不像是犯错误的惩罚,也不像包工头。我觉得这位年轻人想干一番事业,很想帮忙。但我能帮什么呢?我搞货运的,能提供帮助的就是计划外车皮。没想到你还找上门来了。你知道计划外车皮的行情吗?"

"什么行情?"王石一头雾水。

主任伸出两个手指头:"一个车皮红包100元,两条烟只是行情的十分之一。"

王石带着两条烟返回了东门招待所。躺在床上脑海里浮现着姚主任的那张笑脸,是嫌两条烟太少还是真想帮忙?他辗转反侧,一宿难眠。

第二天,王石顺利办下了两个计划外车皮指标。

通过这件事,王石悟出一个道理:在商业社会里,金钱不是万能的,金钱是买不来尊重和荣誉的。想通了,也清楚了经营企业的底线:绝不行贿!

王石认为:

在不规范的市场环境中,这或许在短期内会遇到问题和麻烦。

但从长期来看,市场一旦公平化,大家都是处于同一条起跑线时,我们就处于一个很主动的地位。

"如果说要回顾万科20年的发展,最值得骄傲的事情是什么呢?那就是在行业还有待成熟的时候,我们守住了职业化的底线,无论碰上什么利益诱惑,我们一直坚持着自己的价值观:对人永远尊重、追求公平回报和开放透明的体制。"王石后来说道。

万科后来成了一家专业住宅开发商,万科进入房地产这个领域也没有什么特别讲究,当时就是看上什么赚钱做什么,进入房地产行业也不例外。

1988年的深圳,随着国家修改法律,把禁止出租土地的"出租"二字删去,规定"土地的使用权可以照法律的规定转让"。中国房地产业发展的最根本的基石,就此奠定。

那时开发房地产的门槛也很高,非建筑行业的企业要想进入房地产开发必须通过招投标,拿到土地才批给单项开发权。

这年11月,万科参加了威登别墅地块的土地拍卖,以2000万元的高价拍得那块地,买了一张进入房地产市场的入场券。

按市场价,把附近的住宅楼买下来,拆掉再重新建的土地成本价都低于万科获得的这块土地的价格。

在王石代表公司上台签订土地转让协议时,深圳市规划局长刘佳胜望着他,劈头就是一句:"怎么出这么高的价格?简直是瞎胡闹。不管怎么说,还是祝贺你们。"

一度，万科团队的主流派视这张入场券为"烫手山芋"，建议毁约，"不执行同国土局签订的合同，大不了交些罚金，否则高地价的经营压力太大"。

但是，王石认为：不仅不能毁约，还要继续竞标拿第二块地。

一个月之后，天景地块推出，通过投标，万科再次夺得。深圳地产同行再也不敢轻视万科这只不怕虎的牛犊了。

万科最初拿地非常困难，在深圳拿到的地是免税公司的半边工程，地基打下来，没有钱做了，万科接手后四六分成，再就是高价投标拿地，拿到的地都很偏，郊区较多，价格也高，是人家都不看好的那种。

地价很贵，怎么办？万科只有非常认真研究市场。经过认真研究，他们认为：高地价带来高建设成本，万科地产只有坚持"高来高走"的原则，即建高档房、高售价，才能有利润回报，使新拓展的房地产业继续下去，并使公司在房地产业务的支撑下开展其他业务。

与此同时，他们也希望以建造高档次、高品位的物业，向社会奉献高尚的居住空间为己任，在高起点上树立万科地产的企业形象。

1992年8月，万科上海公司拿到一块飞机航线下的土地，主要考虑到没有拆迁的麻烦，能最快将房子推向市场，抢占市场先机，结果推向市场后，反应异常火爆，排队的客户两次挤碎了售楼处的玻璃门，交款形成人潮。

中国的房地产业在经历邓小平南行后的狂热，国家宏观调控泡沫破裂后，真正迎来发展高潮是1998年。

1997年11月的一天15时，王石和深圳5家企业老总到深圳麒麟山庄，朱镕基要听取企业汇报。

在这次汇报中，王石对朱镕基详细说了他对房地产的看法：

> 如何刺激明年的内需消费，经济理论界认为钢铁、汽车都不行，只有住宅，提出了"把住宅当做刺激内需的支柱产业来发展"。我认为，两到三年内，住宅行业成不了支柱产业，理由有……

朱镕基沉吟着。

王石接着说：

> 万科就是奉公守法的发展商。1992年底，房地产正火热，我提出"超过25%的利润不做"，其意是赚取公平利润。1993年上半年建材价格翻番，万科面临经营困境，6月份的宏观调控，三大建材价格迅速降了下来，万科出现转机。1993至1997年，万科的住宅开发规模以平均70%的速度上升。对于宏观调控，万科100%举手赞成。至今为止，我还没听到第二位企业

家说"赞成宏观调控"。

朱镕基说：

绝无仅有！

这句话使王石觉得荡气回肠。
"不知道朱总理怎么看住宅市场？"
沉默片刻之后，朱镕基反问："如果取消福利房分配制，房地产行业能成为支柱产业吗？"
"不能。"
"如果金融市场开放，房地产行业还不能成为支柱产业吗？"
"不能。"
"消费信贷放开，还不行？"
感觉到朱镕基如此认真，王石字斟句酌地说："两年内不行。"
"我两年内一定要把住宅行业促成支柱产业。"朱镕基斩钉截铁地说。
"既然总理说行，就一定能行。"
全场大笑。
朱镕基说：

哎，你是房地产专家呀。我聘请你为我的

房地产顾问。不过,是没有工资的顾问哦。

王石当场脸涨得通红,没有一点思想准备,说话有点结巴:"您不……给我发……工资,我也感到非常荣幸!"

一旁的王殿甫冲着王石使眼神,递悄悄话:"要进中南海了。"

"我们就是要高价收买有建设性的不同意见。你们还有谁汇报?"

聘请顾问的事,王石以为朱镕基只是随便说说,尽管美滋滋了一个星期。

令王石没想到的是,过了两个月,建设部、国务院住房办、国家体改委、土地总局等国务院有关部门真的来人约他去北京参加内部小范围的研讨会。

1998年4月,人民银行发布《关于加大住房信贷投入支持住房建设与消费的通知》,标志着"适度从紧的货币政策"终于向住宅产业网开一面。

1998年7月,国务院明确提出"停止住房实物分配,逐步实行住房分配货币化;建立和完善以经济适用住房为主的多层次城镇住房供应体系;发展住房金融,培育和规范住房交易市场"的深化城镇住房制度改革的目标。

沿袭了约40年的住房实物分配制度终止,这是中国房改最具突破性意义的一步。

随着一系列政策的实施,房地产行业逐步从1993年的低谷走向了新的发展时期。

1986年,万科响应深圳大型国营企业进行股份制改造。现在再回头去看,这个红头文件对万科非常关键。

当时向市政府体改办公室提交股改报告,正望眼欲穿地等着办公厅机要室的红头文件,却被特发公司阻拦。

在特发集团总部会议室,袁陶仁总经理听完王石的解释后,说:"你王石一贯天马行空,独来独往,现在感觉到了吧,你跳十万八千里也跳不出如来佛的手心。"

后来深圳市委副书记秦文俊亲自出马去特发公司,做袁陶仁的思想疏通工作,万科的股改才得以进行。

公司的名字也由"深圳现代企业有限公司"改为"万科",这是一个从深圳大学英文专业毕业的员工潘毅勇想到的,既然"Marlboro"以中文翻译为"万宝路",为什么公司的名字不能叫做"万科"呢?

于是,公司正式更名为:深圳万科企业股份有限公司。

那时大家对股票是什么仍然懵懵懂懂,深圳市委书记李灏号召市委机关大院的干部认购,自己带头将多年的储蓄款取出认购了股票,王石个人存款一共2.5万块钱,取出2万块钱买了万科股票。

他们还从施工企业到旅游行业四处兜售,就差没有到海上渔船向渔民兜售了。

4100万股的股份中,万科职工股应得的股票约500万出头。按照市政府办公厅下发的股改文件,这部分股票只能有 10% 允许量化到个人名下，其余的由集体持有。王石明确了自己的想法，放弃其中他应得的个人股份。

王石放弃个人股份的想法也征求了家人的意见。太太没有反对，她本来就没有指望王石发大财，就半开玩笑地问他："什么时候能住上别墅？"

王石回答："别墅会有的，但是太早住进去会不得安宁。"

这也基于他的自信心，王石觉得，如果有能力，那么急着拿钱干吗，把蛋糕做大了，分一点就很了不得。

2006 年实现期权给管理团队，收入也上来了。如果那时拿股份，后来增值了 800 倍，就有人问王石：后悔不？

王石回答说："我后悔什么啊？即使当时要了，现在也要捐出去，而且捐之前还要给女儿请保镖。要那么多钱干吗？我喜欢登山，能满足我登山的费用就行了。"

王石放弃了，管理层也放弃了。而且，管理层提议：将职工股成立一个基金，只要在万科的职员，新老都有享用权；由职工代表会产生出管理委员会的成员。资金用途：职员的福利，重点照顾 1988 年以前进入万科的职员；另外的用于回馈社会，做公益活动。

在万科 20 多年的发展历程中，也经历了从多元化"综合商社"梦想的加法，到专业化转型的减法，直到 2001 年出售万佳，标志着万科结束转型调整，进入新一轮发展。

决定走专业化道路是发行 B 股后,开始与国际风险投资打交道,当时万科投什么赚什么,王石很骄傲地对他们说,你投万科就行了。

但国际风险投资人员的回答恰恰相反:"投资组合不是万科来组合,是我们来组合,如果投房地产就投深房,投零售我们会投上海联华。"

这对王石的触动很大,原来对方根本看不上万科,必须形成万科的优势才行。经过这一轮的交流,他也明确了万科的优势和市场在哪里。

当时选择房地产行业,一是因为房地产占万科利润的 30%,他们同时注意到,房地产行业即将成为国民经济新的热点。

事实上,万科的"专业化"是强调在社会分工的大环境里,企业必须有所为有所不为,通过提高专业化水准来提升自身的竞争优势。

这也许并不适用于所有的企业,但是对万科来说,这的确是发展的必由之路。

事实证明,在成功完成业务多元化到专业化的战略调整过程中,凭借有节奏的扩张和稳健经营的风格,万科形成了一整套较为成熟的房地产开发操作模式,逐步确立了自己在房地产开发领域的专业地位。

万科一直重视自己"企业公司"的角色,在房地产界流行"低于 40% 利润不做"时,万科就提出"高于 25% 利润不做"。

1992年底,深圳国土局主办了一次房地产沙龙。作为万科代表,王石在发言时明确告诉与会者:

万科超过 25% 的利润不做。

会场顿时哗然。

哪有不愿多赚钱的发展商啊?

有的与会者嘀咕:"唱高调也不是这样的唱法呀。"还有的更直接:"你赚不到 25% 说明你没本事。"

并不是万科不想赚钱,而是从长远的角度看,公司要想持续发展,必须确定一个合理的回报率水平。

万科提出这一回报率原则,正是基于对社会平均利润率的判断,规避了高风险,加强公司适应经济周期的能力,培养公司的竞争力。

万科真正高速增长才开始,为什么呢?

住宅产业化 2000 年开始准备,2004 年进入试验,投入到市场是 2007 年。

住宅产业化投放市场量会增加,高效率低能耗改变了以往的增长模式,大家会发现万科作为领跑者,已经开始了。

张瑞敏下海带出海尔

张瑞敏中学毕业后,便子承父业,接父亲的班成为一名工人。他工作认真,进步很快,先后历任班组长、车间主任、厂长、青岛市二轻局家电公司副经理。

20世纪80年代,正值中国改革开放的第一次浪潮,而当时的现实情况是:得到一个引进项目,企业就有了活路,因此,企业的目光紧紧盯着引进项目。

那是一个"项目为王"的时代。可是张瑞敏所在的青岛家电公司苦苦寻觅了几年,却没有得到一个项目。

1984年,德国"利勃海尔"姗姗来迟,到中国寻找合作厂家。张瑞敏为了争取这个项目东奔西走,还费尽周折到省里和轻工部争取,并保证"一定能做好"。最后,他总算把这个项目争到了,却遇到新的问题,这个项目没人干。

1984年,青岛电冰箱总厂还仅是一个集体小厂,亏损达147万元,年销售收入仅348万元。守着一个烂摊子的600多名职工,已是人心涣散。

在连换三任厂长仍然"病入膏肓"的困境之下,1984年12月26日,35岁的张瑞敏从青岛市家电工业总公司副经理的位置上,正式走马上任,担任这个小厂的厂长。对那时的张瑞敏来说,这绝对是一种"临危受命"。

在当时，一个工人的收入不到 40 块钱，如果一个企业能从银行贷出 10 万块钱，就很不错了，所以很多厂长都无法挑起这个项目。

为了兑现当初对有关部门"一定能做好"的承诺，也迫于上级领导的压力，张瑞敏在危急的形势下，决定亲自来操作这个项目。他当时还曾和主管领导说好只做两年，一旦"利勃海尔"的项目步入正轨，他还回青岛家电总公司做副经理。

1984 年 12 月 26 日中午，张瑞敏给妻子打了一个电话："我下午就要到冰箱厂去了，你做一下思想准备吧，干得好也好不到哪里去，不好就不能回来了。"

妻子的回答是："无所谓，你自己的事情自己决定，愿意去就去，回不来我养活你。"

与妻子通话之后，张瑞敏就到青岛电冰箱总厂走马上任了。他当时的想法很简单，就是不能让这个引进项目搁浅了，一定要把自己承诺的事做好。

当时的张瑞敏对如何管理好一个 600 多名员工的大厂并引导其摆脱困境还没有经验，他购买了大量管理类的图书和国外企业家传记加以学习，并为带领工厂走出困境使出浑身解数。

在上任的第二天，他就发现员工大多是 8 时上班 9 时到岗，10 时开始睡午觉，还有一些员工上班时间打扑克、下棋，甚至在车间里随地大小便。

看到这种情况，张瑞敏立刻回到办公室，定出13条规章制度，其中有两条是：不准在车间大小便；不准公开拿厂里的东西。

在这之前的三位厂长也并非无所作为，他们也同样制定了一些制度，却没有得到很好的贯彻执行，于是形成了有法不依的局面。

所以，当张瑞敏制定的13条"军规"出台后，很多员工认为这13条和原来的那些规章制度比起来太简单了，于是并没有认真对待。

没过几天，厂里有一个员工偷东西，10时被抓住，11时厂里就贴出布告：开除厂籍，留厂察看。处理一个员工，无疑起到了杀一儆百的作用。员工们发现，这个厂长真是不一样，制度虽然简单，却有法必依，严格执行。

此后，13条"军规"都得到有效执行，成为海尔集团日后一整套完善管理制度的雏形。

张瑞敏上任时正值春节前夕，厂里负债累累，发工资都成问题。

就在员工们担心工厂发不出工资的时候，张瑞敏不仅按时发放工资，还破天荒地给每人发了2.5公斤鱼作为"奖金"。

原来，张瑞敏听说附近几家乡镇企业很有钱，就连夜赶去借钱，不但费劲唇舌，本不会喝酒的他还喝得酩酊大醉，终于把员工们的工资和"奖金"借了回来。

过年发"奖金"的消息在厂里一经传开,大家都奔走相告。2.5公斤鱼作为"奖金"虽然微不足道,却让员工们感觉到新领导是实心实意关心他们。

"领导敢为大家借钱过年,咱们也要争口气,好好跟他干,挣了钱把钱还回去。"这样的话在厂里迅速传开了,张瑞敏向员工们献上爱心,赢得了员工的信赖和支持,全厂职工的凝聚力空前增强。

1985年,中国一共有41家电冰箱定点生产厂家,其余40家生产的全部是三星级产品,在当时销售很火爆。张瑞敏却利用"利勃海尔"的生产线把目光瞄准在四星级冰箱上,要造出全亚洲第一台四星级冰箱,以高起点竞争市场。

从1985年2月起,张瑞敏东奔西走凑足资金之后,在短短一个月的时间内,厂房改建完成;两个月的时间,19条生产线全部安装完毕;又用一个月,装配线上就源源不断地生产出全亚洲第一批四星级电冰箱。

冰箱下线之后,定名为"琴岛-利勃海尔",并成功地设计了象征中德合作的儿童吉祥物,寓意中德双方的合作如同这两个小孩一样充满朝气,拥有无限美好的未来。

然而,"琴岛-利勃海尔"冰箱上市之后,却是一台也卖不出去。主要是因为当时亚洲仅有这一种四星级冰箱,与市场上的主打品种两星级、三星级冰箱相比,消费者搞不清区别在哪里。而且,它高达1560元的售价与

700 多元的其他冰箱相比，更是让消费者望而却步。

这种窘况，对于计划经济下专业生产的企业来说，无疑是一个始料未及的难题。就在众多企业还没有意识到市场导向性的时候，张瑞敏开始思考如何才能突破市场壁垒。

他带着员工到商场现场搞营销，把自己的冰箱同日本的冰箱放在一起，用温度计向顾客展示两种冰箱的制冷能力；还从食品保鲜角度向顾客介绍，四星级冰箱强大的制冷能力对食品保存的好处。

张瑞敏等人没有白忙碌，有的顾客当场就买下"琴岛－利勃海尔"冰箱，市场的坚冰就这样被击破了。"琴岛－利勃海尔"冰箱逐渐畅销，供不应求。

几个月后，工厂起死回生，并在第四年依靠"琴岛－利勃海尔"电冰箱，产值突破 2.5 亿元，创汇 2000 万美元。

就在"琴岛－利勃海尔"冰箱销售势头喜人之时，一位用户带着刚买的冰箱到厂里要求换货，原因是冰箱上有一道划痕。虽然只是小毛病，但是用户不能容忍攒了多年钱才买的新冰箱有瑕疵。而在换货的过程中，工人们发现仓库里共有 76 台冰箱存在各种各样的缺陷。

这个情况被汇报给张瑞敏，张瑞敏让大家开会讨论如何处理这 76 台冰箱，讨论的结果是低价卖给职工当福利。

一阵沉默之后，张瑞敏说："我要是允许把这 76 台冰箱卖了,就等于允许你们明天再生产760台这样的冰箱。"

他宣布,这些冰箱要全部砸掉,谁生产的谁来砸,并抡起大锤亲手砸下第一锤。

之后,大家轮流开砸,看着自己辛苦造出的冰箱转瞬间变成了废铁,很多员工都流下了眼泪。

那是一个商品极为短缺的年代,冰箱在当时是一种极为走俏的奢侈品,甚至要凭票购买。产品有瑕疵,普遍的做法是修修再卖,或者内部廉价销售。

对于张瑞敏"砸冰箱"的举动,外界有人称他是"疯子""有病",也有人说他是"作秀",一部分员工甚至骂张瑞敏是"败家子",连部分上级领导也埋怨他傻。

张瑞敏对此的回应却是:"作为厂长,我负责任,扣我一个月工资。今后,谁出质量问题谁负全部责任。"

在接下来的一个多月里,张瑞敏主持了一次又一次会议,讨论的主题只有一个:如何从我做起,提高产品质量。

一场砸冰箱事件,不仅将海尔注重产品质量的高大形象树立起来,海尔也成了注重质量的代名词。海尔砸冰箱成为中国企业注重质量的一个最典型事件,成为无数媒体、书刊、高等院校的"经典案例"。

除此之外,这一砸,也震服了所有海尔人,确立了张瑞敏在海尔不可撼动的领导地位。

三年之后,张瑞敏带领海尔人捧回了中国冰箱行业的第一块国家质量金奖。

张瑞敏全面抓质量管理，专心做冰箱，一做就是 7 年，在同行业超规模生产、向彩电等一个个当时的暴利行业转型时，张瑞敏带领海尔抵制住诱惑，坚持按自身生产能力出货，调整稳固质量体系，从国家标准到成为通过 ISO9001 体系认证的第一家中国企业。

20 世纪 90 年代，海尔为了进入德国市场，认证工作做了一年半，通过认证之后，将冰箱运到德国。

海尔冰箱出口德国市场后，正好碰上德国的检测机构对德国市场上的全部冰箱进行质量检测，检测结果显示，海尔第一位。他们一共检测 5 个项目，每个项目最多就是两个加号，海尔得了 8 个，第二名得了 7 个。

企业扩大了，张瑞敏又酝酿出"斜坡球体论"，即一个企业在越做越大的情况下，必须依靠两个力：一个是止动力，不能让球从坡上滑下来，要不断提升基础管理；另一个是上升力，即创新，继续让球往上滚动。

也正是依靠这种"上升力"，1992 年后，海尔大胆决策，筹建了当时国内规模最大的家电工业园。

1995 年，张瑞敏率领 5000 名员工将海尔总部东迁至青岛高新区，实现了海尔第二次创业的重大战略转移。

也正是依靠这种"上升力"，海尔先后兼并了 18 个企业，共盘活了包括 5 亿元亏损在内的 18 亿资产，企业全部扭亏为盈。

红星电器厂原是生产洗衣机的工厂，被海尔兼并时净资产只有1个亿，但亏损为2.5亿，兼并后海尔只派了3个人去，员工还是原来的员工，设备还是原来的设备，兼并当月亏损700万，第二个月减亏，到第五个月即盈利100余万。

后来，这个案例便成了哈佛大学教授研究的对象，即"海尔文化激活休克鱼"案例。

20多年后，海尔已跻身于世界100强企业，但海尔人依然视产品质量为企业的长寿基因。他们说，是当年的那把铁锤砸出了全厂的质量观，砸出了叱咤风云的海尔。

谈到当年的砸冰箱之勇，张瑞敏诙谐地说："现在想砸也不可能了，如果再出质量问题，不是那么少一点，当时只有几十台，现在动辄就是几万台啊！"

在200升以下的海尔冰箱已占到美国市场份额的25%时，张瑞敏又大胆决定，要在美国当地生产当地销售。后来，设在美国南卡州的海尔工厂，是中国在美国投资最大、占地面积最大的一家企业。

同时，海尔在洛杉矶设立了设计中心，按照美国本土化的要求进行设计。

海尔站起来了，张瑞敏发誓绝不能让一手创立的牌子毁掉，他意识到自己走上了一条"不归路"。

张瑞敏回忆起多年前的奋斗历程，坦言自己没有任何前人成功的经验可资借鉴，只能靠在不断地"否定和自我否定"的痛苦过程中去领悟。

"搞企业，如果悟不出来，没用；别人告诉你也没用。张瑞敏不是神，也是人，也要犯错误。我时时刻刻在琢磨。别人看着我们很风光，但是我们自己知道，和索尼、通用这样的巨头相比，这个差距是巨大的。而当越接近他们时，就越会感到：每前进一步都非常困难！"

有人评价张瑞敏：他是一个集古今智慧的思想者，一个儒化的企业家，一个有东方式修养的现代人。

后来，海尔成了世界100强企业之一，张瑞敏希望能够带领海尔成为第一白色家电企业。因此，张瑞敏还将继续在这个历程中不断求索。

张近东经商异军突起

1984年,张近东从南京师范大学中文系毕业,进入南京鼓楼区一家区属企业。

凭借敏锐的眼光,张近东在工作之余承揽了一些空调安装工程,获得了10万元创业资本。

1990年,张近东成立了一家专营空调批发的小公司,即苏宁交家电。

当时空调还属于奢侈品,利润堪称暴利。张近东抓住机会,下海第一年就做到了6000万元。

1991年出差深圳时,席间一位供应商对他说:"现在百万富翁不稀罕,深圳已有千万富翁啦。"听了这话,张近东只是默默多喝了两杯酒,但心里却在偷着乐:我也已经挣到1000万了。这一年张近东年仅28岁。

在当时南京国有大商场眼中,半路杀入空调业的民营企业苏宁无疑是"异类"。而张近东在服务和价格上又具备明显优势,更引起大商场们的不满。1993年,"八大商场"联合发动空调大战向苏宁发难。

张近东后来不无得意地回忆说:

当时我们在双门楼开了一个产品代理会,就像家里办喜事,我把八大商场负责人都请来了。没想到轮我上台发言时，八大商场老总一起离开会场，会后又宣称八家将统一采购统一降价，如果哪家空调厂商供货给苏宁，他们将全面封杀该品牌。但苏宁没有被打倒，反而一战成名！

这场商战是中国家电业第一次在卖方市场下出现的"价格战"，也是计划经济与市场经济的一次激烈碰撞。苏宁最终成为这场大战的赢家：凭借着平价优势，苏宁当年空调销售额就达到了 3 亿元，一跃而成为国内最大的空调经销商。这个老大，苏宁一当就是 12 年。

1995 年以后，中国家电市场出现供大于求的状况，许多制造商直接渗透零售市场。为此，张近东逐渐缩减批发业务，开始自建零售终端，卖家电也从单一空调逐步增加到综合电器。

1996 年，苏宁进入扬州市场，标志其开始走出南京，探索家电连锁之路。

2000 年对于苏宁电器是个转折年。这一年苏宁停止开设单一空调专卖店，全面转型大型综合电器卖场，并喊出"3 年要在全国开设 1500 家店"的连锁进军口号。当年投入使用的苏宁南京新街口店，成为苏宁转型的标志。

苏宁南京新街口店位于苏宁电器大厦内，该大厦位于南京最大商圈新街口商圈中心，属"黄金建筑"。大厦落成之初就有人劝张近东把这栋楼出租，一年至少可以净赚 3000 万元，但张近东却坚定地表示："哪怕亏 4000 万，苏宁也要做家电卖场。"结果 2000 年一年，苏宁为该卖场投入 2000 万元。

由此，苏宁进入一个新行业，搭建了一个团队。没有此时的决定，也就没有后来的苏宁。

时间最终证明了张近东的正确选择，苏宁的全国连锁体系也在快速扩张：2001 年平均 40 天开一家店，2002 年平均 20 天开一家店，2003 年平均 7 天开一家店，2004 年平均 5 天就开一家新店，后来甚至于平均 2 天就开一家店。

张近东当初准备亏 4000 万元开的南京新街口店，已成为全国家电销售第一店，一年销售额达 10 亿元。

"2000 年我们提出要在全国开出 1500 家店时，受到业界颇多质疑。当时压力很大，但现在回头看这个计划最终还是要实现。"张近东当时说这话的语气中，充满了坚定的信念。

二、第二次商潮

- 年仅24岁的朱志平辞去了安稳的公务员职务，怀揣400元下海，开始做服装生意。

- 那时所有工程都停了，民工就在那里饿着，他们是计件工资，没人要砖，他们就一分钱没有。

- 广告印出去后，证监会副主席先看到了，马上给国家体改委和人民银行打了电话，国家体改委与人民银行又给北京市打电话，让他们去汇报情况。

掀起第二次经商浪潮

1987年10月25日,这一天,举世瞩目的中国共产党第十三次全国代表大会在北京隆重召开。

党的十三大制定了鼓励发展个体、私营经济的方针:

> 私营经济一定程度的发展,有利于促进生产,活跃市场,扩大就业,更好地满足人民多方面的生活需求,是公有制经济必要的和有益的补充。必须尽快制定有关私营经济的政策和法律,保护他们的合法权益,加强对他们的引导、监督和管理。

1988年3月25日至4月13日,备受关注的第七届全国人民代表大会第一次会议在北京举行。

4月12日,也就是会议闭幕的前一天,《宪法修正案(草案)》提请全国人大代表审议。

与会代表们普遍赞成宪法中增加"国家允许私营经济在法律规定的范围内存在和发展"这一规定。

6月15日,国务院发布了《中华人民共和国私营企业暂行条例》。"条例"包括总则、私营企业的种类、私营企业的开办和关闭、私营企业的权利和义务、私营企业的劳动管理、私营企业的财务和税收、监督与处罚、附则等 8 项内容。

这就从法律上肯定了私营经济在我国存在与发展的历史地位。

1988 年夏天,在中央出台支持私营经济的政策后,中央各相关部门开始以不同形式,表达了对各地私营经济的支持。

有了各级政府的支持,各地私营经济发展的脚步明显加快了。

随着中央和地方鼓励发展个体、私营经济,在全社会掀起了第二次下海经商热潮。而这批下海经商的主要是科技人员和知识分子,专兼职下海的都有。

广东省科委 1987 年作了一项调查发现,在广州的一些科研单位,有 8% 至 10% 的科技人员从事"星期六工程师"活动。而 1988 年第十六期《瞭望》杂志的报道称,上海在鼎盛时期有两万余人从事"星期六工程师"活动。

在那个年代,在上海郊区以及苏南浙北,乡镇企业的厂长们往往都随身携带着一张"联络图",上面写着那些"星期六工程师"们的家庭地址、联系电话等。只要一遇到技术难题,凭借这张联络图,厂长们就可以打电话或登门求教。

而一些媒介也充当了城乡交流的"月老"。上海广播电台的《城乡经济》节目,在那个时候应运而生并红极一时。他们在节目中陆续播送上海乡镇企业需要哪些专业人才,又介绍上海各系统一大批科技人才、技术工人的技术特点。

对于当初求贤若渴的民营企业而言,"星期六工程师"所起到的作用自不必言说。那个年代,"星期六工程师"在上海周边地区尤其吃香。

"星期六工程师"的收入自然也不菲,一般一天能有四五百块钱,甚至有些工程师在外地干一天的额外进账,能抵得上当时半年的工资收入。

"星期六工程师"的兼职时间有长有短。原上海人民电机厂的一位工程师,为无锡惠山区汽车油泵厂开发汽车冷却水泵和农田排灌泵的机械密封两种产品,前后花了大概3年的时间,这期间都是利用休假日在上海和无锡间来回奔波。

他们往往一到周六下班后就会和许多"星期六工程师"一样,挤上当晚南下杭州的火车。就是那种绿皮车,很挤的,常要双手举起才能站立。深夜到达杭州之后,一般都是先找个洗澡堂住下。周日一早再赶汽车,到下面的乡镇企业。

周日晚上还要在杭州挤上回上海的火车,周一早上,必须准时出现在单位的实验室里。

回上海的车票,有时托在车站工作的朋友买;有时找不到人,买不到火车票就得想办法混进车站。

不过,对于这些"星期六工程师"而言,心累多于体力上的劳累。囿于当时的社会环境和人才流动体制，他们在乡镇企业的"兼职"行为，基本都是"秘密地下活动"。

直到1988年1月18日，国务院专门下达了文件，称"允许科技干部兼职"，至此，争论才总算尘埃落定。而事实上，在那时，民营企业聘用科技人员已是一个十分普遍和自然的现象。其实，这份文件已成一个追认式的"马后炮"。

在20世纪80年代中期，也曾有一批公职人员"下海"，但那时主要是机构改革后编制缩减，一些人到部门下属单位或企业中去当领导，充实基层力量。实际上只是原有编制待遇的平移，是体制内的一种流动，并非真正的"下海"。

朱志平抓住每次商机

1987 年前后，随着中国改革开放的进一步深入，中国又一次出现了下海经商的热潮。

朱志平跟很多浙商一样也是在这时下海的。

朱志平参加工作时的学历为初中毕业，后来通过进修获得了大学文凭，他拥有发达的商业头脑和敏锐的市场触觉。

朱志平 1990 年进入股市，10 年搏击，铸就不败金身的传奇，恰似巴菲特的中国版本。

谈起自己的创富故事，朱志平有着自己的见解：

很多人因为惧怕风险而错失良机；因为贪婪，许多人又经不起诱惑，因盲目贪大而做死。

朱志平 14 岁当学徒工，20 岁入伍成为一名汽车连修理兵。

1987 年，年仅 24 岁的朱志平辞去了安稳的公务员职务，怀揣 400 元下海，开始做服装生意。与一般人的想法不同，他选择的不是倒卖，而是自己做生产商。几台缝纫机，几个缝纫师傅，在村子旁边的破庙里朱志平扬帆起航了。

20世纪80年代末是不寻常的，中国的服装业还处于起步阶段，品牌还不是人们关注的重点，关键是有没有衣穿，朱志平的"制衣业"在此时发展得十分迅速。

在自己零制零卖的一两年游击战后，朱志平成立了华泰制衣公司。人们还在羡慕万元户时，朱百万诞生了。

到1990年，短短的3年时间，他就在服装行业赚了150万元。这也为他以后的创业掘到了第一桶金。

接着，有"朱百万"之称的朱志平走进了浙江省证券公司杭州平海路营业部。

在此时，没有电脑，没有K线图，朱志平看着用粉笔在黑板上书写的行情，自己画出了一张张行情分析图，他像倒卖石油一样一桶桶地挣着钞票。

1994年，朱志平再次转向实业项目，投资1125万元兴办浙江省第一个保龄球馆。

1995年，"哈岁宝"被确定为中国第一只网上竞价发行的股票，发行价4.6元。

朱志平觉得这只股票有香港背景，而且还是朝阳行业，就一次投入600多万元，在4.8元的价位买进。后来股票一上市，就涨到了16元。

1996年，他涉足房地产业，成立了浙江康居房地产股份有限公司。

2000年，成立了浙江同方投资集团有限公司。善于把握宏观，使他能够全身而退：当中国股市要走下坡路时，已经赚足了钱的朱志平退出了，将主要精力投向了房地产。

接着，他收购浙江省城乡建设开发总公司，先后成立4家房地产分公司：杭州同方财富大厦、宁波同方杰座、西安同方超级星期天酒店式公寓、南通同方苏中尚城……随着一个个投资项目的成功，这个昔日的钣金工资产早已跃过了亿元。

他不无得意地说：

把握每一次机会，同时很好地规避每一次风险。

选择收购城乡建设公司，朱志平也是看中它有一个很好的发展平台，有信誉，有知名度，比注册一家新公司逐步发展的成本要低很多。

2003年，其房地产开发合计达到50多万平方米，销售额约18亿元，营业税约1.5亿元。

王文京创办软件公司

出生在江西上饶县一个穷苦农民家庭的王文京，15岁考上江西财经大学，家乡的人都称他为"神童"。

1983年8月，19岁的王文京大学毕业后，基于当时的就业环境，被分配到国务院机关事务管理局财务司工作。他成了当时很多人羡慕的对象。

1985年，基于工作，王文京和苏启强等人向领导建议在整个中央国家机关财务部门推广会计电算化工作。随后王文京被指派负责这一项目的具体实施，从项目最初的规划，到选定软件开发合作伙伴，到项目鉴定，一直到推广到上百个具体单位，前后两年多。

在这一工作中，王文京发现，一方面，会计电算化是一种趋势；另一方面，各单位仍然在自行编写程序，造成大量重复工作。他的认识无疑是正确的，他当时推广所涉及会计电算化的单位，在20世纪90年代的软件升级中成了他的客户。

1988年，王文京拿着从朋友那里借来的5万元，开始了他的创业之路。王文京和苏启强在北京市海淀区双榆树成立了"用友财务软件服务社"，5万元人民币便是他们最初的注册资本。

1990年3月正式成立有限责任公司，并更名为"北京市海淀区用友电子财务技术有限责任公司"。

1995年1月18日,用友组建成立用友集团公司,注册资本达到了2000万元人民币。

成为企业精英的王文京,先后被评为"中国优秀民办科技实业家""中国优秀民营企业家""中国最精明的会计"。

在短短的10多年时间取得了辉煌的成就,就连王文京自己当初也没有料到。一定要离开国家机关,这是王文京10年前作出的英明抉择。

王文京后来直言:

> 辞职创办企业是自觉的选择,不是别人把我推到办企业这条路上来的。我当时离开机关并没觉得有什么可惜,也没有感觉到创业有多大的风险。

王文京在国务院机关事务管理局工作之时,他主要负责起草中央国家机关行政会计制度,中央国家机关行政会计电算化也是由他负责的。

"当时用友能不能做起来,我尽管没有十足的把握,但有基本的信心和十足的决心,同时做公司是一种寄托,公司只是一个载体而已,辞职最主要的是我要换一种发展的方式。"王文京说自己之所以选择做企业,是因为做企业是一门不断创造的艺术,它发挥创造性的韧性是无穷大的。

"企业往什么方向发展？希望怎么管理？招怎样的人？以及希望大家都做什么？都可以发挥，实现自己很多的想法。"

另外，"通过做企业可以团结一批人一起做共同的事情，这种感觉比较好"。

1990年4月，用友财务软件通过了国家财政部评审。王文京回忆当初的创业经历时说：

> 能不能通过财政部评审，我们自己都没有把握，因为，当时我们还是一个不起眼的民营企业。财政部在这方面的政策水平非常高，要不然也不会有国产财务软件今天的繁荣。

王文京和苏启强两人都能设计程序，但是王文京认为苏启强在1990年主持编写的UFO财务报表软件意义更突出，这一软件使用友在财务报表领域的优势维持了很长的时间。

王文京谈了起初公司的状况："到了1990年，公司已经发展到20多个人，开头我既想管公司事务，又想做开发，效率很低。我在北图租了一间房子封闭开发，开头还可以，后来他们知道我在那儿，又去找我，我只好又搬到了八大处，封闭了一两个月才把产品做了出来。"

也是从1991年起，用友开始成为中国财务软件的领跑者。

王文京曾是单位的先进工作者,很受领导们的赏识,曾在全局干部大会上作过先进事迹报告。"如果在机关发展可能会很有前途。"王文京坦言。

王文京后来说:"差不多经过三年,我们就要换一批竞争对手。软件企业的发展轨迹是一浪接着一浪,浪潮来了,有的企业把握住了机会上来了,没有把握住的下去了,每一次技术的变革都是市场份额重新划分的时刻。对一个软件企业来说,跳上一个浪尖可能比较容易,把握住两个浪潮也是可能的,但是几个浪都要把握住,才是真正的挑战。"

尽管用友一直都处在领先地位,但用友发展的过程中也存在一些问题。"1993年,我们也投了一些精力在软件以外的行业,觉得行业外的诱惑很多,但是到了1994年就发现不对,必须要调整过来。"

王文京绝不搞多元化经营,"对用友来讲,多元化没有任何优势,我们的优势只是在软件领域。出去做了一把之后,跟没做之前的感觉不一样了。没有干的时候,总是觉得人家的山头比自己现在站的山头高,跑到那边一看,才发现自己原来的山头比人家的山头还好,发现各行各业都不那么容易"。

绕了不少弯的王文京,1994年提出"立足软件领域,实现产业化"的发展战略。王文京决定,"软件以外的产业有再大的诱惑,也不去做了,因为软件产业本身就是一个很好的产业方向"。事实证明这个决策是对的，三年后，用友的利润和营业额的增长都在 60% 以上。

王文京曾把公司发展前 5 年出现的一些问题称为"青春期综合征"，"公司在上升，规模在扩大，综合管理跟不上很容易出问题"。

用友公司曾在 1992 年，经历过人才流失，当时金蜘蛛前期的主力军大部分都曾是用友的。王文京说："最初我心里比较难受，后来，我考虑清楚了人才流失是不可避免的，关键是能否在这种情况下不为所困，能够继续把公司向前推进。"

1995 年，用友组建集团公司后，流失的人才有一大批回流了，这时公司已有了相当规模的发展。

在软件设计上，学财务的王文京注重实用性和操作的简捷，他说："财务软件不像系统或者支撑软件要特别强调性能，就财务软件而言，功能的实用性和适用性对用户来讲是最重要的，因此，很实用、很容易学一直是用友软件的特点。用友软件开发的指导思想是：实用性、先进性和可靠性，功能实用排在技术领域前面。"

王文京的开发思路是从他为公司起名"用友"开始的。关于公司的字号他想了好几个月，想了很多名字，但一直都没有满意的名字。

一天，他在《经济参考报》上读到一条很短的消息，这条消息说，美国软件市场上有一种叫"用户之友"的软件最受欢迎，因为它很容易学，很容易掌握，用户的界面很好。王文京马上就想到他们将要做的软件正是这种软件，于是，就给公司定名为用友。对软件来讲，思想比技术更重要。

1999年12月6日，用友由原先的有限责任公司改为股份有限公司，注册资本最终达到了7500万元人民币。

在创业之初，他为自己定下的10年规划是：10年做到3000万。而实际上，10年后王文京的用友销售额已超出了3个亿。

2001年春节过后，用友管理层再次明确，将在国内主板上市。此时，恰逢2001年3月1日"核准制"被引进证券市场。而用友为国内创业板准备的材料与"核准制"吻合度比较高，于是又根据新规则准备了材料。

4月18日，用友得到中国证监会的正式批文，核准其在国内市场上市。

4月23日，用友软件股票发行，成为核准制下发行的第一只新股。

5月18日，用友软件是中国证券市场上第一家核准制下发行的股票，以每股36.68元的价格发行。

有关这一定价，当时36岁的王文京在接受《北京晨报》的采访中强调：

"第一，用友研究并开发了大量的应用软件技术及产品，建立了全国最大的管理软件产品销售网络；第二，用友财务软件10多年来保持国内同类产品市场份额第一的产业地位，拥有数十万产品用户，品牌价值巨大；第三，本次发行前，用友软件运营的资产并不仅仅是账面上 8400 多万元的净资产，而是包括软件著作权、品牌、人才、市场网络等巨大无形资产在内的企业整体资产；第四，用友软件将到位的募集资金主要投入到财务软件、管理软件的研发、销售、市场活动和相关基础设施建设上。公司还将根据发展规划收购兼并一些符合公司产业发展方向的财务、企业管理软件。"

当天开盘后，用友软件以 76 元的高价开出，并持续上扬，盘中股价一度触及 100 元，成为股份拆细后继亿安科技、清华紫光后，第三只股价达到百元的股票，也是第一只上市当日就达到 100 元的股票。以市值计，王文京的身价达到 50 亿元。

事后看来，用友软件选择了一个很好的时机，随后，一方面国内股市受周期及股权分置干扰，开始进入漫长的熊市，而美国纳斯达克因为网络泡沫破灭持续回落，也影响了国内对科技类股票的估值。

第二年，用友就实施了每 10 股派发现金红利 6 元的高派现。从逻辑上说，上市公司愿意现金分红，因为受流通股投资者欢迎，既获得现金红利，又表明上市公司的现金流允裕。

但是用友的不少流通股投资者认为，这一阶段大股东所持有的股份仍然是不可以流通的，而大股东和中小股东持有股份的成本不同，用友的高派现实际上是大股东的套现行为。虽然高派现无可非议，但是投资者更希望用友可以留存利润用于企业发展。

接下来，用友2002年度分配方案为10转增2股派现6元，2003年度为10转增2股派现3.75元，2004年度为10转增2股派现3.2元。

前四年间，王文京共从用友分得红利约1.1亿元。用友软件1999年注册资本为7500万元，王文京所持有的股份占到73.6%，所获分红已经两倍于投资。

当然用友公司方面也有自己不同的看法，《南方都市报》引述一位不愿透露姓名的用友公司人士的话：证监会是鼓励分红的。

用友的分红策略，受益的不仅仅是王文京，流通股股东也是该策略的受益人。这是回报投资者的一种举措。很多公司都在幕后操作，大肆鲸吞中小股民的利益，而用友软件是一家很干净的企业，辛辛苦苦挣钱，正大光明地分红，希望不要戴着有色眼镜看用友。

这一政策与这几年低迷的市场行情叠加，用友的股价一直都在15元至25元之间的低位徘徊，股价最低时，王文京的身价缩水到不到10亿元。不过在随后的牛市中，他的身价得到了充分的恢复。

王文京10多年的创业之路犹如神话一般，而在他自己眼里，"用友一直比较顺利，没有特别困难的阶段，财务软件这个很好的产业方向和纯民营这个障碍很少的企业制度，结合在这个能让人放手施展的时代里，就成功了"。

王文京认为,"软件企业的文化要强调创新,提倡宽松,在此基础上讲究纪律。像管劳动密集型企业那样的工头式管理一定不行,因为软件人员都是智力人才"。

王文京意识到,"软件企业在组织结构上需要扁平和人员间的平等化,不能搞很森严的等级。因为软件人才并不比你差,很多方面比你强。用友的企业文化是:尊重、公平、实现;人际文化是平等、交流、沟通"。

王文京说:"在强调宽松的同时,也要提倡团队和集团的概念,现在做软件企业,单靠个人或者少数人的力量已经不行了,个人英雄的时代业已结束。"

软件人才的流失像一把刀子,不时地把软件企业刺得遍体鳞伤,浑身是血。

1992年的惨痛教训让王文京清楚意识到,留住人才最关键是靠企业的发展。"任何人选择公司,都不会选择一个没有发展前景的公司,每个人都希望自己所在的公司是这个领域的领头羊。因此,企业要向自己的员工详细阐述企业发展的前景以及分怎样的步骤去实现它。"

王文京解释:"1996年,我们做过一个新的10年规划,当时主要是从业务角度考虑的规划。后来,我了解到实际上这个规划在员工中的影响很大,员工其实是非常在乎自己所在的公司是不是一个立足长远、有发展远景的公司。"目标的实现更加重要,用友每年的年度计划都如期完成。

1995年用友董事会制定"三年规划,两件大事":

软件收入超过亿元,建成用友软件大厦。这些规划在1997年都相继实现了,员工中反响相当大,在他们心底,用友是一个很有实力、很有发展的企业。

1997年,用友又接连制定出新的"三年规划,两件大事"。

人才舞台,就是为其提供施展才华的机会。软件人才都是有潜能有抱负的,选择公司,除了考虑收入,更希望英雄能有一个用武之地。王文京早就意识到这一点,因此,在他们发展的不同阶段,为其提供自由发挥的舞台。

"我们要让人才认识到在用友做出一个好的产品,已经不单单是公司范围内的事,它会有几万、几十万的用户,它在社会上有价值,甚至推动了我们国家这个领域向前发展。在这一点上,我们和外企相比有优势,外企打工的色彩是很浓的,允许个人发展的机会很小。"

待遇,这是一个相当实际的问题,对于不断来自外企竞争的压力,用友只有自己做得更好。王文京表示,"公司应尽量通过员工的努力和企业的发展,尽最大努力解决好大家物质生活的问题"。

企业文化,王文京称:"企业文化就是要有一个符合软件企业特点的企业文化,让员工工作起来身心愉快。"

用友软件成功地在上海A股上募集8.8亿元资金后,这批资金的流向就成为人们关注的焦点。在王文京个人看来,"这个问题不光是投资者,也是我们自己最关注的问题"。"我们的资金是分3年来使用的,投资安排会有个节奏,但我们基本都在按照招股说明书在做"。

软件企业与制造业企业不一样,它的资产结构中无形资产较大,营业规模小但并不表示公司的价值低,同时公司的现金储备都比较充裕。

王文京为资金的合理安排提出了四大原则:

1. 绝不会做风险太大的事。投资组合的前景关系到以后的发展,定要立足长远,才不会一下子膨胀,把企业带入一个高风险的境地。

2. 坚持突出主业,继续做一个主业集中的公司。

3. 基于公司核心能力的坚持,必须更多投入才能保证自己的竞争力。

4. 运用上市后与资本市场的联系集中加快发展业务。

并购、合资是中国软件企业也是国际软件企业发展的途径之一,但并不是软件企业发展的全部。王义京针对用友自身条件提出,应该以自行研发发展为主,但是同时结合并购,结合一些投资,一并发展用友的软件产业。

王文京针对并购的长远打算谈了自己的看法:"我认为,成功的软件公司并购也好,投资也好,一定要围绕它所定位的核心产业，不是为了并购而并购，我想那样是没有意义的。在用友的策略里，用友销售平台将为所有投资并购的或者合作的软件企业提供支持。"

2000年用友最重要的两件事情，一是开始全面实施向管理软件发展的业务战略，二是用友软件的股票挂牌上市。

王文京提出，"用友会坚持做一个主业集中的公司，这个主业就是软件。我想我们如果能够把软件这个产业做好做大的话，其实公司未来的发展结果一定会很不错，所以我们从股市上得到近9个亿的资金后，努力的目标仍会集中在这个行业，把用友发展成为一个世界级的软件公司"。

到2010年用友市值将达到100亿美元，这是王文京下一个计划。而对于如今市值只有五六十亿人民币的用友，这个计划显然令人激动，但这也意味着用友和王文京又将迈向一个新的起点。

只有日夜兼程，除此别无选择，因为在软件行业，停顿就意味着灭亡。

三、第三次商潮

- 北京大学一位研究生表示,看到人家纷纷兼职,心里很焦急,但自己又没能耐,又不甘心,不过图书馆是坐不住了。

- 赵长军的下海路走得并不顺利,曾一度出现危机,他被迫停办中小学,寻找联合办校的途径。

- 她有着女人特有的细腻、敏感,也有着女人特有的柔弱。有时领导批评,感到受了委屈,她的眼泪就止不住了。

掀起第三次经商浪潮

在继 1984 年和 1987 年两次经商办公司热潮之后,中国大地掀起了第三次经商浪潮。此次浪潮无论从深度还是广度上都超过了前两次。

1992 年,党的十四大确立了建立市场经济主线,中国社会正在加速转型,人心转变之快,现实快速发展,令人为之目眩。

在新一轮改革开放大潮中,一串串让人目不暇接的事件,一个个诱人的机会,使一群群急急奔走的人们,呈现出复杂多变的心态。

而在市场经济这个大戏台上,民众百姓都盯着利用各种机遇发起来的富豪们。他们的成功令一些人羡慕,也令一些人感到心中极不平衡。

一时间,"人怕出名猪怕壮"这一传统谚语,已经为人们公开抛弃,"大款"们纷纷崭露头角,成为社会上的英雄。

上海股市的成功人物"杨百万",不仅公开其玩股发财的经验和收入,还举办讲座传授生财之道。

东北的一位农民企业家,在成为亿万富翁后,更获得政协委员的头衔。

…………

当然，拥向这股下海潮的还有大批知识分子，他们有的来自科研院所，有的是大专院校的老师，还有的就是刚毕业的大学生、研究生。

1992年，74岁的复旦大学教授、著名经济学家蒋学模成了学者下海队伍中的一员，他开始经营公司了。

这位教授的《政治经济学》曾是中国两代人的必读教程，他的下海在知识界引起了不小的反响。

蒋学模开办的公司，由11名学者集资3万元创建。为此，蒋学模还为他公司的诞生写下了《还是下海好》一文。同时，蒋学模借鉴美国兰德公司的名字，给自己的公司取名为"复兰德经济顾问行"。

与此同时，伴随下海潮的还有大学生就业观念的改变，大学毕业生过去以进入国家机关为第一志愿。到了1992年，这种求职顺序改变了。

顾青是1992年上海同济大学毕业的高材生。当年，他放弃了去德国做驻外人员的机会，投奔当时刚起步的私营企业乐百氏公司。

当时，乐百氏创始人何伯权也就30多岁，没有给顾青许什么愿，只讲创业的艰难，让顾青这样的年轻人到第一线去独当一面。

就是这种干事业的激情和朝气感染了顾青这样的年轻人。1992年，全国高校有50多个毕业生跟着何伯权上了广东。

这里有北大、人大的毕业生，光是顾青在同济大学经济管理学院的同班同学就去了4个,在乐百氏一干就是7年。后来顾青做到了乐百氏武汉公司总经理。

当时,下海非常流行。《人民日报》曾经有一篇《形形色色的下海人》专门记录了下海潮:

踏上公共汽车,走进办公室,以至于在家门口,人们都可以听到关于下海的议论。

为何要下海?下海有什么魅力?还是让我们听听"下海人"的自述吧!

与其抱怨,不如去干

前两年,有这样一句顺口溜:"北京人侃,上海人怨,东北人看,广东人干。"如今,大家都在学广东人,想下水试试深浅。

在北京西单百花市场,北京啤酒厂一位"业余摊主"说:前些年,眼睁睁看着一些社会闲散人员都发了财。而我们这些身强力壮的小伙子干一个月,还不如他们两三天赚钱多,心里那气就别提了。于是,就发牢骚骂社会分配不公。可骂了几年,没把人家骂穷,更没把自己骂富,现在明白了,发牢骚,只能找气生。与其抱怨,不如趁早干。

记者问"北啤"的那位小伙子,现在下海你不觉得有点晚了吗?

"是晚了点,可这趟车再错过,后悔更没地

方了。"小伙子答道。

在某合资企业兼职的一位大学老师说：现在是下海的好机会，前两年政策的一个突出特点是管。下海的人感到赚钱不易，不少人甚至觉得投资经商冒险，不如存款保险，不如吃"大锅饭"省劲。有些个体户把钱存入银行，吃起了利息。现在政策的突出特点是放，鼓励人们把经济搞活，大伙儿看到赚钱的机会又多了，下海的人自然就多了。

一次座谈会上，一位年过花甲的私营业主说："五六十年代是精神第一，追求物质享受被看成是资产阶级的生活方式，如今，大伙拼命往'海'里奔。"

住房、医疗、教育、社会保障制度改革，无疑将增加人们的开支，也强化了人们挣钱的愿望。

价值观变了

一位曾当过记者的某合资公司经理说：以前，许多青年人认为只有当作家、科学家、艺术家，或者当大官，人生才有价值，才会得到社会的承认和尊重。

现在，人们觉得赚钱和出书、写文章、搞科学发明、进行艺术创作一样有社会价值，一样光荣。赚钱已不仅仅是一种手段，许多人把它当做奋斗目标和理想，在赚钱过程中体验到了奋斗的价值和乐趣。

一位原是木工的个体店主说："我没有文凭，工作每天就是重复。在工厂已很少有改变命运的可能。下海后，虽说风险大了，可是生活画面总是变的，竞争逼着我学习经营知识，商品经济发展使人生选择的机会多了。今后我可能破产，变得一贫如洗，也可能成为百万富翁、大企业家。现在奋斗虽很艰难，可总有一种希望在吸引着我不断地努力。"

1993年春节前后，随着人们对富有者的再评价，北京和各地的报刊，纷纷刊出有关"大款"的各类文章，诸如"中国超级大亨"，"1992年大陆富豪们"，"天下第一街的首富"，"富豪花钱各有门道"，等等。而发行者看到的实际效果是，销量如雨后春笋节节上升。

据一些报纸透露，中国1992年左右正不断冒出大批富翁，他们的资产，甚至拿到西方作比较，也可列入富翁名单之列而当之无愧。

1993年，有人统计过，大陆的百万富翁万人以上，亿万家财者也数以百计，而且据说，这还是个"保守"的统计。

1992年前后，国内大众在商品经济影响下，绝对是放下了架子，公职人员、打工的，都在研究第二职业的问题，为的是多赚些钱，日子好过些，免得看着人家发财难受。

北京人原来是最有架子的，闲下来聊大天喝啤酒，可以扯到半夜。1992年你再去找朋友，不容易，因为不知道第二职业这股风把他吹到哪里去了。

北京麦当劳是第一个堂而皇之地把兼职制度引进京城的。从此有了做小时工的诱惑，有的人下班去做，有的干脆在国营企业请病假去做。

此外还有记者开饭馆，演员开酒吧，警察开卡拉OK，教授搞咨询的，连大医院的教授级专家也在工余时间去小诊所做补牙兼职。

还有那些昔日耻于言商的京城良民百姓，也一窝蜂地去"跳蚤市场"卖东西。本少利小的主，则利用下班时间在立交桥摆起地摊，自称赚赔个三元五块无所谓，要的是体会市场经济的新鲜和刺激。

第二职业这股风吹得人们意识到自己也是"商品"，可以通过劳动到市场上去"交换"，从而产生更好地活下去的愿望，这难道不是市场经济的魅力所在？

兼职者对此回答各异，有文化的婉转一点，说是发挥潜能，适应社会的需要，是对社会的"参与"；另一些人则回答说，是要用自己的双手挣点东西，是对自己的尊重；更有一些人就直言快语干脆地表明，钱就是动力。

1992年前后，最令人感到冲击的，是文化人也争先恐后去下海了，有人戏称，"文化走向市场，文人瞄准金钱"。

那些搞通俗文化的歌星、笑星,这一年都身价翻番了。有周末文章称:

当今一类红歌星走穴,竟报价码3万元人民币,相当于一般干部10年的收入。而一些著名节目主持人出台听说付两万元竟还不愿去。至于二类歌星和笑星们的价格低些,但其出场价也让人看涨,自1992年冬以来,已从6000元一场上调到1.2万元至1.5万元了。

据说,温州欲请几位摇滚乐手去献艺,开价10万元一场,结果对方60万元起价,吓得温州人不敢再谈了。

港台明星争相在大陆购楼,拿高报酬登台演唱,被人戏为"红粉兵团北伐"。

而内地的影星也不甘示弱,决心在投资办公司及置房炒楼上做些事。

先走一步的有著名的通俗作家、"鬼才"王朔,著名女作家谌容一家等,他们先后办起了公司,准备产、供、销一条龙地完成文学作品和影视作业。

文艺界名人的观念也开始在变,过去反对"走穴"的中国轻音乐团团长李谷一,在经历了一场官司后,宣称走穴有理。作家朱小平提出采访名人要收费,一些书商正开始以出版家自居。音乐制作人、独立制片人、歌星经纪人等一系列头衔，开始出现在递出的名片上。

利润、分红、佣金、提成、贷款这一类术语，开始出现在文化人的口头。中央电视台台长宣布，电视制作单位只要制作能获飞天奖，每集将可获得奖金一万元人民币。一部名为《爱你没商量》的电视剧，以高利润的片子而定性，而不是过去说的"很有教育意义的片子"。

大学生们开始成为市场经济的弄潮儿，打工赚钱已成为不少大学生的目标。多所大学里出现了"校园大亨""学生万元户""校园经纪人"，令人感慨万分。

在北京中国人民大学这所为国家专门培养人才的高等学府，一老师说，一位三年级学生，"业余时间"编辑了一套文库，个人净得 40 万元人民币，现在不住拥挤的学生宿舍，而是在外包房，坐出租车来上课了。

1993 年春节放假时，北京大学有上千人到校总务室报名申请打工，而清华大学计算机系的学生，有一半在著名的中关村电子一条街上兼职。

大学生打工者，有脑力活，也有体力活，关键看能否学以致用。学外语的，可以到宾馆、饭店去教外国人学中文，学生称赚钱既高尚又轻松；学文学的，多去参加编写工具书；学工科的，可以到附近乡镇企业做技术员；最惨的是学历史、学哲学和文学理论的，只好去替人排队买火车票、骑自行车满城贴广告。

当然，还有头脑灵活者，长途贩运一些俏货，承接一些高难项目，利润则要大些。

打工一事，学生愿意，家长高兴，教师担忧，反应各异。

前二者，是因物价上涨，费用日增，打工助学自然得以缓解困难。后者则担忧学生丢掉功课，不务正业，甚至败坏校风，使学校商业气氛太浓，长此以往，学校的学术水准将无法育人兴国。

在中国过去最为稳定的干部队伍中，此时也出现了新的观念。

最为明显的是，仕途之路，人渐稀少，下海之路，人头攒动。

干部辞职经商热，是1992年夏季最为引人注目的议题。一些仕途正好的青壮年干部辞职而去，或办公司，或入集团当经理、董事长。

据国家人事部估计，辞职下海者，1992年约有12万人之多。下海者们表示，他们愿意在市场经济的新天地里再创一番事业。有的表示，自己智商不低，不信比个体户能力差。还有人认为有钱能掌握自己的命运，何不趁世纪末这最后的机会去闯一闯。

城里人想发财，广阔天地里的农民也不甘示弱，春节刚过，北京至广州、成都至北京、南昌至广东、北京至上海、上海至广州等铁路沿线出现前所未有的民工潮。成百万、上千万的农民从内地农村拥向广东、上海、北京及沿海地区，上海车站外人头攒动，南京车站全部被民工占领。

在上海、南京、杭州一线的火车上的民工潮汹涌澎湃，车上的行李架上，座位下，厕所里都是人。

车外等待上车的人布满站台，车门打不开，就把车窗玻璃打碎，如果帮助开车窗就给 5 元钱，帮助拉上车给 10 元钱。农民们以为北京、上海、广东都是黄金之地，盲目闯荡，奔波劳苦自不待言。

以上所叙种种，都是中国大地出现的一个个侧面，除此以外，还包括人才争夺战、资金争夺战，股票热、拍卖热、重奖热，以及铤而走险的各种犯罪活动，参与者的主要目的还是一个"钱"字。

从这些不同的断面中，可以感到人们心态的种种变化和剧烈的震动。

当时流行一句口头禅："十亿人民九亿商，还有一亿在观望。"这话说的是还有人处于想发财又徘徊的困惑境地。观其间者，有不少人的感受是令人伤感的失落和寂寞。

剧作家童先生说，在中国肯定没有多少人有机会当百万富翁，一夜发财、一夜成名是一种浮躁心理。

北京大学一位研究生表示，看到人家纷纷兼职，心里很焦急，但自己又没能耐，又不甘心，不过图书馆是坐不住了。

一位大学生坦言，他想发财，但从骨子里又害怕竞争，从心灵深处对市场经济大潮中那种紧张的人际关系和快节奏是恐惧的。所以他在精神上投入，在实践上又在逃避。

有人分析说，中国文化传统上是不鼓励冒险、挑战、竞争的，而提倡平淡、和谐、安分守己。受传统文化影响较深者，自然会"君子固穷"，或逃避，或观望，或等待，或困惑。然而，突起的市场经济风，正在撕破这温情脉脉的面纱。

赵长军下海发挥专长

赵长军1960年10月25日生于西安,回族。

1978年至1987年,他在国际国内武术比赛中夺得金牌50余枚,荣获10次"个人全能冠军",成为中国武坛迄今为止唯一的一位"十连冠"。

从没见过那么多的白皮肤、黑皮肤,操着刀枪剑戟,穿着中式褂装,玩着中国功夫。

1985年盛夏,在西安,第一届武术国际邀请赛举行。

在这届邀请赛上,陕西小伙赵长军拿了4块金牌,给乡亲们长了脸。而站在最高领奖台上的赵长军还没有意识到,他正站在自己思想和人生的拐点上。

体育馆中央当时搭了个正方形赛台,像"擂台"。还有电子记分牌,中英文双显,之前全运会判分还在靠手翻。散打和自由搏击都是邀请赛的表演项目,以前从没见过。你一拳、我一脚,有时候两个人扭抱在一起,将对方摔倒,真打实斗,很像拳击,但可以用腿。

中国队队长赵长军技压群雄,一举拿下长拳、刀术、棍术及个人全能4项桂冠,给陕西人挣足了面子。

赵长军走上学武的道路,是因为一件小事。

那是1966年,赵长军才6岁,当时麻家什字有一家糕点坊,12岁的大姐去排队买点心。

那个物资匮乏的年代，什么都是限量供应，就在大姐快排到跟前时，被两个插队小伙把剩余的糕点全买了。姐姐气不过，跟他们争，却被对方扇了一巴掌。赵长军说："父亲知道后，带我和大姐去理论，被打破了头。"

事后，父亲郑重地说："你是家里唯一的男孩，将来要保护姐姐妹妹。"

就这样，赵长军开始学武。

直到 1970 年，他在新城广场练武时，被陕西省武术队"猎头"白文祥发现。

1971 年 5 月，赵长军进了专业队。7 名队员中，他年龄虽小，却最刻苦。

就是这个小家伙，在 1972 年第一次参加全国武术比赛时，与当时功夫同样了得的北京武术队队员李连杰同场竞技。

在那个强调"友谊第一，比赛第二"的年代，追求成绩和奖项是"资产阶级的名利观"，尽管叫武术比赛，但不设冠亚军，不排名次。

最终，赵长军以出色表现与李连杰同获优秀表演奖，引起全国关注。

"他是个武术奇才，一下子脱颖而出，进了国家队。"白文祥很欣慰。

在 1985 年邀请赛前，赵长军已是四届国家武术比赛的个人全能冠军了，中国武坛无人可敌。

而在 1985 年国际武术邀请赛上，赵长军一举拿下了长拳、刀术、棍术及个人全能 4 项桂冠，成了最大的赢家。

另一个更显著的亮点是，这届大赛是中国武术第一次邀请境外选手参加，能当冠军也有些"打遍天下无敌手"的味道。

这让西安父老很有面子：北京出了个李连杰，比不上咱西安的赵长军，世界第一。

"赵长军"一夜之间成了妇孺皆知的名字。娃娃们经常会在沙堆边学他的"再接旋风脚劈叉"和"跳起后摔背"。

也是在这届邀请赛间隙，美国队华裔女教练麦宝婵登门拜访："你的功夫很好，能不能收我儿子甄子丹当徒弟？"

赵长军不敢答应，因为对方希望学一年。收外国队员，要学这么久的还没见过，"这得问组织"。

1987 年初，本着增进友谊的目的，经组织批准，甄子丹和金发碧眼的斯坦方从美国来到西安拜师，就住在当时省体育场附近的招待所。

赵长军后来回忆说：

> 甄子丹很结实，比我小 3 岁，张口就用中文叫我师父，我说国内兴叫老师。

在赵长军眼里，甄子丹是个勤奋的学生，整日跟着他在省武术队泡着。赵长军一忙完自己的训练就教甄子丹套路，甄子丹在一旁也从不闲着，边看边模仿，等赵长军教时就能很快上手。

由于母亲在美国开武馆，加上16岁时曾在北京武术队练过两年，甄子丹的身体素质和武术功底都不错。

"地趟拳"、"追风刀"和"疯魔棍"，赵长军的"三绝"，甄子丹都学了些皮毛。相对于整段套路，他显然更喜欢漂亮的动作，像难度很大的"跳起后摔背"，做起来很累，但他觉得够帅，常常一整天都在痴迷地练这一个动作。

甄子丹开朗热情，常拉着赵长军去玩，他们很喜欢去当时西安唯一一家合资宾馆金花饭店跳舞。甄子丹的霹雳舞跳得很好，还能弹一手好钢琴，一出场就像个明星，很引人注目。

他曾很直接地告诉赵长军，他对拿冠军没兴趣，学武术就是为了拍电影、当武打明星。

经过大半年的学习，甄子丹在竞技方面的长进并不大，但拍电影不仅够用了，还绰绰有余。

1987年下旬，结束了七八个月的学习，甄子丹走了。没回美国，而是直接去了香港。

后来，那个直率开朗的小伙子成了国际动作巨星。

"从做武行到当主角，他这一路走得也很艰辛，能闯出来我很替他高兴。"谈到学生，赵长军很是骄傲，刚走的那几年，他还经常收到这个学生的问候，聊聊自己在香港拍了什么电影，有什么长进，等等。

甄子丹总是很疑惑：老师功夫这么好为什么不去拍电影？赵长军只能说人各有志。

其实，这个美国学生的理想，也曾让赵长军开始重新审视自己。

之前他已经拍了《神秘的大佛》《武当》等几部武侠电影，但和《少林寺》相比可谓天壤之别。

被禁绝达 30 年的大陆武侠电影自 1979 年开始复苏。

1979 年，香港导演张鑫炎在山东的一次武术邀请赛上为《少林寺》剧组挑演员，李连杰就在其中。而赵长军却因当时调入《神秘的大佛》剧组任武术指导，与《少林寺》失之交臂。

1983 年，张鑫炎见到赵长军，遗憾地说："如果当时你参加比赛，肯定能入选。"

但那时，赵长军仍不开窍，认为拍电影只是副业，随后又拒绝了张鑫炎的影片《黄河大侠》的邀请。"不是男一号"是原因之一，最重要的是怕影响不好："我是运动员，是组织培养的。"

其实，1985 年后，赵长军已经名扬世界。日本、马来西亚、英国等很多国家都抛出重金希望他去任教，一些香港电影公司也找他签约，每年至少三部戏。他的机会还是很多的。

《少林寺》火了，1981 年的全国武术锦标赛，有一位高手放弃了，北京队愤怒了，很多人不理解，包括赵长军。宁可不要武术队的"铁饭碗",都要到香港去拍戏,"只想出名挣大钱,是资产阶级名利主义,组织白培养你了"。

别人可以放弃比赛,赵长军不能:"我是组织培养的,没有组织我吃不上一天一元钱的伙食,丰盛得像过年,训练能在地毯上进行,可以代表陕西征战。"

那时参加全国比赛,一出场就是句"陕西2300万儿女的代表们出场了",这样被看重,总让赵长军热血沸腾。

赵长军是党员,还是省体委优秀党员。

转眼到了1987年,看着自家亲戚买车跑出租当起"老板",去广东批发服装回来的朋友也富了,只有自己还在原地踏步。

赵长军选择了退役,他开始尝试"走穴"。退役后的两三年,他为"走穴"忙得不可开交,广东沿海地区走了个遍。

1985年,珠江三角洲被批准为经济开发区,演出公司火了,赵长军说:"合资、独资企业一个劲儿地建,只要建厂房搞开业典礼,我们就有钱赚。"有时一个月就要去那边两三次。

1989年夏天,海口举办一场文艺演出,赵长军和搭档表演的武术对打小品赢来"满堂彩"。毛阿敏、李玲玉等歌手也同时出场。

"毛阿敏唱首《思念》要6000元,我怎么着也不能低于3000元,不然体现不了我的价值。"他和演出公司谈出场费，对方答应了。台上三五分钟并不费劲，那一次，两天连演 3 场，赚了近 1 万元。

在那个"万元户"还很稀罕的时代，他只用两天就赚到了。而在之前，他的月工资是 70 元。

赵长军学会了讨价还价，在以前他会觉得这有些不好启齿，包括拍《武当》时，人家给多少就拿多少，自己多要点就感觉是分外要求，"是给人添麻烦"。

等到 1993 年开办学校时，赵长军已攒下近百万元，然后他就下海了。

但是赵长军的下海路走得并不顺利，曾一度出现危机，他被迫停办学校，寻找联合办校的途径。

"是因为手续、合法性等问题，跟武术本身完全没关系。"赵长军坦言，自己缺乏经营头脑，但最重要的还是输在了人际交往方面。武术教育之外的东西他不擅长也不善于去学，"在这方面我很不成功"。

赵长军给自己这样打分：运动员生涯是 100 分，"下海"勉强 80 分。

他认为以前因为自己单纯、目标明确，没有什么可顾忌的，做好运动员就行；再就是当好教练，教好下一批人，一直很顺当地走下去。

但他仍然感谢改革开放，毕竟为自己开了一扇窗，人生可选择的东西更多了。收获了荣耀和财富，也必然要承受挫折和打击。

母润昌超越自我做期货

1984年，母润昌就读于中国科学技术大学地球空间科学系地球化学专业，于1989年毕业，获理学学士学位，并于1992年获理学硕士学位，专业是构造物理。研究生毕业后，他被分配到国家地震局的一个研究所工作。

由于专业的缘故，在大学中经常要做很多的分析化学试验，研究生阶段要做很多高温高压试验，要求十分严谨，因此也养成了母润昌严谨的处事作风。

尽管母润昌所学的专业与金融领域毫不沾边，但时代发展的车轮却最终将他带上了金融领域这趟快车。

1992年，在他研究生毕业之后，胸怀一颗沸腾之心的母润昌觉得，尽管他已经在国家一类科学刊物《地球物理》独立发表了研究论文，但仍然觉得不适合在研究所做自然科学研究。

此时恰好邓小平南方谈话发表，他觉得社会生活与经济生活密不可分，下海也许是最好的选择。

1993年，《人民日报》对上海金融交易所进行的大幅专题报道令母润昌觉得，期货市场是一个更好实现人生价值的舞台，于是他格外关注起期货来。

而曾任中国证监会期货部副主任的张邦辉在1993年编写出版的有关期货知识、期货交易和分析等方面的4

本"薄书",则成为母润昌对期货知识的启蒙。

1993年下半年,母润昌毫不犹豫地参加了北京商品交易所一家股份会员单位的招聘,从此成为一个期货市场的弄潮儿。

尽管是初次下海,但母润昌并没有浪费老天对他的青睐,通过在实习期漂亮完成的一笔大交易,实现了实习员工连跳4级的转正纪录。

对此,母润昌的解释是:

> 机遇总是留给有准备的人,有付出才会有回报。

刚到那家股份制企业期货交易部时,母润昌被定为B级员工,3个月后由B级连跳4级转为经理助理。

说起当年非同寻常的4级跳,母润昌感叹,"有付出才有回报"。

一方面,他具有一定的期货知识,在处理期货方面的各种业务时能够很快入手;

另一方面他主动自觉地做好交易部的其他各项工作,从购买、安装设备,搜集信息到进场做代理,他都毫无怨言地做,连续几个月公司的自营交易量和代理量在北商所位居前10名。

"遇到郭晓利,是我一生的福气。他让我和中期结下不解的缘分,找到了努力方向。"

《大话西游》里有一句经典的台词,观音菩萨曾对凡人至尊宝说:"遇见能给你'三颗痣'的人,你便能恢复真身。"

如果说紫霞仙子就是给至尊宝脚底留下"三颗痣"的贵人,那谁又是改变母润昌命运的贵人呢?在此之前,可能谁都不会相信,不到 15 分钟的一次简短谈话,就足以改变母润昌此后 10 多年的人生际遇。

当母润昌在国内期货业崭露头角之时,他这颗冉冉升起的明星也开始进入"贵人"的眼帘,而"贵人"的出现,也最终加速了这颗新星升起的速度。

从 1988 年 4 月加入日本当时最大的期货经纪商 ACE 交易株式会社,到 1991 年回归祖国以期货操盘手的名义加盟中信集团,再到 1993 年出任中国国际期货公司总经理助理入主中期,郭晓利一直在以自己的言传身教致力于推动中国期货业的发展。

1994 年 8 月,一次偶然机会,国内期货业的权威郭晓利和一位未来之星母润昌相遇了。

郭晓利注意到了这位在北京商品交易所楼道里主动给客户讲期货行情的年轻人,他们谈了不到一刻钟。也正是这不到一刻钟的谈话,改变了母润昌此后的人生轨迹,与中期荣辱与共。

在那次短暂的相遇之后的 1995 年初,郭晓利代表中期国际向母润昌发出了邀请。

在经过艰难的抉择之后,母润昌毅然决然地作出了一个他一生中非常关键的决定：加盟北京中期。

1995年3月初，母润昌正式到中期，任交易三部负责人。进入中期直接担任部门总经理一职，这恐怕在中期历史上并不多见。

1999年，中期公司对自身的发展作了战略调整，把总公司的期货业务经营和集团的管理分开，内部成立北京中期，母润昌担任第一任总经理，后来集团业务调整，担任公司常务副总经理。

2003年8月，母润昌被公司调往武汉任华中期货总经理，2004年5月又被调回北京。

超越自我，挑战极限，在下海弄潮中，母润昌一步步走向了成功。

周卫军毅然扔掉铁饭碗

1993 年,在辽宁鞍山钢铁学院基建办当主任的周卫军下海了。离开原本稳定的生活,辞职下海对已经 36 岁的周卫军来说,无疑是一个很痛苦的选择。

因为周卫军所在的单位领导一直对他很重视,而且他的专业在单位里也非常稀缺,周卫军心里清楚,在这里个人价值比较大,上升通道也存在,但是,对于不善于处理人际关系的周卫军来说,耗费成本来处理"向上爬"的过程中复杂的人际关系,对他来说是很痛苦的。

于是,在下海风潮初起的 1993 年,周卫军毅然地扔掉了铁饭碗,来到了万科集团在鞍山的分公司。

去过辽宁省鞍山市政府广场的人,都会对那个 7 万多平方米的鞍山万科东源大厦印象深刻。但是,很少有人知道这栋大厦差一点就成了烂尾楼。这就是周卫军下海后接触的第一个项目,也正是由于他的坚持和努力,才最终让这栋大厦没有烂掉。

东源大厦是一个价值 3 亿多元的项目,但股东当时却只有 3000 万元的资金,在没有市场支持的情况下,用 3000 万启动这样一个 3 亿的大厦是不可想象的。

不仅如此,东源大厦又是在 1994 年全国房地产市场一片萧条中开盘的。这些内外因结合在一起的结果可想而知。

事实上，东源大厦初一动工，公司就陷入了泥沼。由于这个耗资巨大的工程需要有大笔资金的不断投入，但由于无"米"下炊，工程多次面临停工的危险，公司更是负债累累。

工程面临资金困境最严重的一次，银行开设的6个账户，所有资金加在一起只有3万元。3万元如何支撑一个价值3亿元的项目？

在天天都有可能面对门前一排排债主的那段日子，周卫军几乎用上了所有的"原始"交易方式，采取用房子换钢材，用房子换砖，用房子换水泥，用房子换门窗。尽管如此，该楼盘的销售形势仍不乐观。

在那段时间里，作为万科公司鞍山分公司总经理的周卫军，在重压下，常常处于崩溃的边缘。

他曾一个人冒着细雨开车"钻"进位于鞍山市郊的千山。在云雾缭绕的山林中，周卫军试图逃避现实带给自己的迷茫，但最终还是被雷声惊醒，回到了现实中。

周卫军这个东北汉子，狠狠地对自己说："不行，还是要回去想办法！"于是他又重新投入到了那场恶仗中。

就这样，周卫军与自己的团队用一种"蚂蚁啃骨头的精神"，坚持到了1996年。那时，东源大厦已经开始了玻璃幕墙的工程。

就在这时，万科的董事长王石赴鞍山考察。而此时的周卫军正处于对未来彷徨的十字路口。这时的王石仿佛看透了他的心思，没有劝说，也没有安慰和鼓励，只是邀他第二天一起去爬千山。

第二天凌晨 3 时不到，两人就向千山出发了。对于已经去过千山多次的周卫军来说，起初他并没有对这次爬山想得过多，只是穿着一身休闲服就和王石一起出发了。

可他没有料到的是，王石这次带周卫军的爬山之路，是一条不同以往、无人走过的线路。

在布满荆棘的山路上，蝇蚊扑面，山不高，攀登却极其吃力。衣着的不便更是让周卫军狼狈不堪。他深一脚、浅一脚地跟在王石的后面，走在这崎岖的山路上，不料又迷了路。这时的周卫军就想一屁股坐在地上不走了。

然而，身边的王石只是不断地看地图找出路，脸上丝毫没有紧张和沮丧之情。看着王石的一举一动，周卫军暂时收起了准备放弃的念头，咬牙跟上了走在前面的王石。

周卫军记得，那次爬千山一共翻了 5 个山头，整整用了 12 个小时，两人才终于登上了山顶。

这时的周卫军已经是精疲力竭，但登顶的感觉却让他有一种重生的激动，眼前也豁然开朗了。

在下山的路上，他开始反思此次登山的前前后后，这其中有迷失的恐惧，也有遭遇蛇咬的担心，更有无力登顶的绝望。但正是"坚持"二字，让他最终体会到了成功的喜悦。

回到山下，王石意味深长地对周卫军说，"小周，干事业就像爬山一样，当你觉得上气不接下气，根本走不动时，一定要努力坚持下去。你现在要做的，就是坚持住，成功就在坚持一下的努力之中"。

正是这一段在周卫军看来是"最痛苦的磨难"，培养了他"一种做事业的执著"，更成为对他"影响最大的一段人生历程"。

1998年，经历了人生低谷但最终战胜自己的周卫军，在鞍山开始品尝到胜利的滋味。

就在鞍山公司开始有所成绩的时刻，周卫军却突然接到总部的一纸调令，让他前往沈阳担任沈阳万科总经理的位置。

接到安排，周卫军二话没说，简单收拾了行装后就直奔沈阳。然而，周卫军到了沈阳发现，在没有思想准备的情况下，从鞍山这个小城市一下进入沈阳这样的大城市，复杂的社会背景，包括人际关系和业务关系，都需要有效的承接。而万科在沈阳房地产市场的地位，并没有在鞍山那样有绝对的优势。

在这里，有国内地产界与"南王石"齐名的"北卢铿"的地产公司，即华新国际。

在已有强手挑战的情况下，周卫军和自己的团队承接了紫金苑项目。

没想到，周卫军这个项目做得非常成功。尽管第一年的销售没有超过华新，但第二年出现了很大的转机，不但在销售上超过了华新，利润也从第一年的 1000 万元上升到了 1200 万元。紫金苑项目加上之前的一个小项目，沈阳万科在当地市场的地位已经紧随华新之后了。此外，公司形象、产品形象、客户的满意度也开始在当地有了良好的口碑，品牌开始有了美誉度。

由于万科在沈阳声名鹊起，万科集团在全国的发展也成气候。1999 年，周卫军拿到了当年沈阳最大的开发项目，即沈阳花园新城。

2000 年，楼盘开始销售时，创造了当时的全国销售纪录，竟然在一天内卖了 278 套房子。这个项目也确立了沈阳万科在东北地区的霸主地位。

据悉，花园新城项目所在的东陵区政府给予了该项目极高的评价。他们说这个项目不仅增加了该区的税收，对区域经济发展作出了贡献，而且带动了周边的物流，改变了该区农业为主的人口结构。

因为有了花园新城项目，周卫军所在的沈阳万科公司当年就向集团贡献了 4500 万元的利润。于是，沈阳万科的利润额一下子超过了北京万科和天津万科，排在集团的第三位，第一是深圳万科，第二是上海万科。这无疑增强了集团在东北区域投资的信心。

于是，万科集团开始同意沈阳万科在东北进一步扩展疆域。

2001 年，周卫军开始拓展长春市场。凭借万科在鞍山和沈阳的名气和声望，进入长春市场很顺利。长春市政府主动邀请了周卫军的团队。

之后，周卫军担当东北区域万科总经理的重任，于是他每个月都要在长春、大连、鞍山、沈阳四地奔波，工作内容几乎都是围绕着做规划，排工程周期，研究市场，听汇报，研究产品，做定位……

如果说鞍山的经历让周卫军体会了执著的意义，那么，沈阳的发展令周卫军感悟了市场智慧的真谛。他说，在鞍山工作的同事都是自己亲自招来的，有旧同事、朋友、亲戚，这些人都是铁了心和自己共患难的。而在沈阳的情况则完全不同，"沈阳是我职业化的真正开始"。

在沈阳，团队是陌生的，需要周卫军去磨合；市场是陌生的，需要周卫军去了解；政府的公共关系是陌生的，需要周卫军去建立。这个时候，周卫军才真正感觉到什么是职业经理，而职业经理的概念也是在沈阳真正建立起来的。

在向"职业人"转换的过程中，周卫军在沈阳做了一番事，这一段也是周卫军所谓的"人生最登峰造极的一段"。

白艺丰抛弃职称与房子

白艺丰命运的第一次转折,是在 1993 年。

那时候,37 岁的白艺丰还是中南财经政法大学统计系的一名教师,加上本科和研究生的学习,她已经在这所学校待了整整 14 年,小日子过得很是滋润。

当时正值中国的"下海潮",朋友邀请白艺丰帮他设计一个股份公司的财务会计制度和财务管理模式,白艺丰欣然答应。

那时候的学校还是清高的象牙塔,大学教师兼职和下海是一件让人难以理解的事情。系领导找到白艺丰,希望她能辞去外面的兼职工作。

然而,这半年的经历已经让白艺丰领略了外面世界的风景。在爱人的支持下,她毅然丢掉职称,丢掉房子,彻底跳进了市场经济的"大海"中。

走出宁静单纯的校园,白艺丰才发现自己有那么多的不适应。书本教给她很多知识,也给她设定了很多的条条框框,这些条条框框在最初险些让她铩羽而归,幸好,倔强的天性让她坚持下来。"那段日子很艰难。"她说。

后来,她慢慢学会将书本与实践相结合,更灵活地处理问题。同时,因为坚持原则,白艺丰获得了领导和合作伙伴更多的信任,这些反而使她得到了更大的发展空间。

这种因原则性带来的信任日益积累,到后来竟然成了企业信誉的一部分,甚至在她下海的第一家企业,曾经发生过一家银行依据白艺丰是否仍在企业而决定能否给予贷款的事情。

白艺丰爱掉眼泪。她有着女人特有的细腻、敏感,也有着女人特有的柔弱。有时领导批评,感到受了委屈,她的眼泪就止不住了。

不过,她也有一般女性不具备的优点,比如前瞻视野和全局观念。

女性做到财务高层的很少,家庭琐事也很容易困禁住女性的脚步。不过,白艺丰学的就是宏观经济管理,因此,对经济大势、国家政策、宏观调控等都比较敏感。

在工作中,白艺丰非常注意与人沟通,她能够在合作各方的利益中找到平衡。

她认为:作为CEO,你不能只算自己赚多少钱,也要兼顾别人的利益。如果只想自己一方的利益最大化,有时候就会失去战机。因此,CEO必须考虑各种关系的平衡与协调,这应该成为一种思维习惯。

作为"学院派"CEO,白艺丰身上有浓浓的书卷气,并且,教师喜欢研究问题、不断学习的习惯,也让她获益匪浅。

白艺丰下海之初,担任了武汉物业集团股份有限公司财务部部长，此后又进入武汉开发投资有限公司担任财务部部长、总会计师。

2007年，她在历任了计划财务部部长、总经理助理后，最终成长为一名总会计师。

这正是中国经济发展最迅猛的一段日子，市场的成熟、企业的成长、本人的成就，都对白艺丰提出了更高的专业要求。曾经引以为傲的经济学硕士学位已经不能满足现实的需要，她必须一边工作，一边不断充电。

1995年，白艺丰开始了自己的注册会计师考试历程。此时的她已经年近不惑，上有老，下有小，家务繁重，工作繁忙，能挤出的时间真的很少。此时正值注册会计师考试改革，她考了一半，考试科目却又调整，整整苦读了3年，直到1997年，白艺丰才考取注册会计师资格。

2006年，白艺丰又一次走上考场，这次她考取的，是企业法律顾问资格。

"我学习向来好，上学时就是如此，虽然喜欢玩，考试却总是在前几名。法律知识是我工作必须具备的，所以要考这个资格。"白艺丰后来说道。

黄婉秋尝试文商并兴

经济大潮也使艺术名流一改"清高"之习纷纷下海。尽管结果大不相同,有的才智超人、业绩辉煌,有的能力平庸、老本蚀光,但他们都是勇敢的"吃螃蟹者",成功固然光彩可颂,失败也同样悲壮可敬。

在广西桂林,在壮族"歌仙"刘三姐的家乡,爆出了一条新闻:

> 1992年6月,60年代初曾以刘三姐形象而家喻户晓的表演艺术家黄婉秋出任桂林市刘三姐企业集团董事长。

这条新闻在文化界引起了不小的震动:"刘三姐"下海了!

黄婉秋为什么下海?为什么选择"刘三姐企业集团"这个名目?刘三姐是她的艺术之根,今生今世她与刘三姐结下了不解之缘。

1961年,《刘三姐》公映,一炮打响,黄婉秋也因而成为闻名遐迩的影星。

《刘三姐》不但风靡内地,而且轰动港澳,饮誉东南亚。《刘三姐》到新加坡,超过了美国畅销影片《飘》

在当地的上座率。去马来西亚，它被评为世界最佳十部影片之一。进日本，它的插曲唱片、音带刚上市便被抢购一空。在香港，它公映以来30年间掀起三次热潮。在拍摄30周年之际，香港还举办了隆重的纪念会……

1983年，广西壮族自治区文化局把黄婉秋调到南宁，任命她为自治区戏剧团副团长。多年来，除影片《刘三姐》外，她还先后主演了《百鸟衣》《夜半歌声》《洪湖赤卫队》等民族歌舞剧。

早在1985年，黄婉秋就产生了组建刘三姐艺术团的构想。为了这个理想，她四处奔波，终因经费不足而未能如愿。但"刘三姐"作为壮族文化，乃至整个中华民族的象征，在海外影响极大，黄婉秋因此也受到国内外艺术界的承认和尊重，许多国家和地区都邀请她前往演出。

黄婉秋的艺术生命得到了新生，人民群众为她欢呼鼓掌。黄婉秋深知自己的人生目标与艺术生命都同刘三姐结下了不解之缘，以至于在1988年出版的《我与刘三姐》一书中她发自肺腑地宣告：

> 我一生的追求，便是做一个刘三姐那样的刚正不阿而又深受人民群众欢迎的人，一个人民的演员。

刘三姐哺育了黄婉秋，黄婉秋的荣辱悲欢都同刘三姐紧紧相连。刘三姐是她的艺术之根。在她心中，刘三姐是永恒的、伟大的，她责无旁贷地要为之奋斗一生。了解到这一点，也就了解到黄婉秋何以要在《刘三姐》公映30周年之际登上另一个舞台，即经济舞台的根源了。

黄婉秋下海，选择了刘三姐这面旗帜，因为她深知，刘三姐属于中华民族，刘三姐象征民族文化。

其实，精明的商人早就看上了刘三姐这一文化典型，香港市场出现了刘三姐香烟、刘三姐葡萄酒，泰国市场则推出了刘三姐香水。这些聪明的商人早就瞄准了刘三姐所具有的经久不衰的魅力。

黄婉秋看到了透过这种商业文化现象所体现出的刘三姐文化的征服力。她于1980年与1986年两次到港澳与南洋地区，亲身感受到中国香港、新加坡广大观众对刘三姐、对她本人的热爱之情。

她知道，这些地方的观众之所以如此热情，完全是出于对刘三姐所代表的中华民族文化的钟爱；离开了民族文化，就没有刘三姐，也就更没有她黄婉秋的艺术生命。

1991年10月，黄婉秋应桂林市市长袁凤兰的邀请，再度回到了曾经哺育她、给她艺术灵性的桂林，就任桂林市文化局副局长。她在心中酝酿已久的计划悄悄发芽了。当她把想法告诉市长袁凤兰时，得到了袁市长和自治区领导的大力支持。

1992年年初，桂林市政府批准了这一计划，并为此发出了该年度一号文件。市政府批准成立刘三姐企业集团公司，任命黄婉秋为董事长。文件决定：给予100万元人民币的两年无息贷款以兴办公司，免收税三年，拨给一栋价值800万元的五层大楼供其经营公司，要求有关部门尽快为其办理各种手续。

1992年3月，春意融融。身为全国政协委员的黄婉秋来到首都参加政协会议。

在讨论会上，她发言说："为了扭转目前专业文艺团体不景气的状况，我们正在同香港信辉公司商谈合资办艺术团，并创立一个多种经营的刘三姐集团公司，探索一条以商养文、文商并兴的新路子。"

黄婉秋语惊四座，引来一片喝彩声。

"刘三姐"黄婉秋下海办公司，消息不胫而走。国内新闻媒介纷纷发布这条新闻。

一阵紧锣密鼓之后，刘三姐艺术团于1992年6月1日宣告诞生。

黄婉秋知道，要想在商海中立足，光有名气不行，还要有好的身手。于是，她认真学习社会主义市场经济理论，努力提高自身的管理素质。

她针对艺术团的实际情况，大胆创新，打破"铁饭碗"，实行聘用制。团里的常务人员包括团长黄婉秋在内只有4人，其他演员均为客座演员。

演员不局限于桂林市，可聘请国内外著名演员来团参加演出。分配制度上则看演员演出的表现和时间，充分调动演员的积极性和创造力。

在艺术团成立不久，就排出不少精彩的、深受观众好评的节目，而艺术团的经济效益、知名度和艺术高品位，也吸引了不少著名演员和有前途的新人前来加盟。刘三姐艺术团实力不断壮大，名声也越来越响。慢慢地，价值百万元的音响、电声乐器设备到了位。

在7月的一个月里，全团进行了高效率的紧张排练，一台民族歌舞诞生了。

7月底，一场演出在桂林市漓江剧场举行。帷幕开启，一台表现刘三姐文化特色的歌舞节目赢得了不断的掌声。

"刘三姐"黄婉秋身着黑色旗袍，在一队团友的伴舞下，充满激情地唱起了《刘三姐》里人们熟悉的歌：

多谢了！
多谢四方众乡亲，
我今没有好茶饭，
只有山歌敬亲人。

作为刘三姐企业集团的一个子公司，刘三姐艺术团无疑是整个集团的灵魂。

黄婉秋作为企业集团的董事长兼艺术团团长，她要把更多的精力用于艺术团的领导工作。

她和丈夫何有才有一个明确的目标和一套系统的设想与措施，他们要排练出无愧于刘三姐的高档民族艺术节目，并尽快走出国门，把民族文化传播到全世界。

　　为此，他们拟订了一套计划：实行客座演员制，聘请国内外著名演员来团参加演出；在本市各大宾馆进行专场演出；建造迎宾船，在漓江游览线上做旅游演出……

　　对此，黄婉秋、何有才充满信心。

　　她和同仁们携手共进，要以特有的文化优势去壮大自己的企业集团。

　　刘三姐企业集团是一个有经济实力的实体，它下属10多个子公司，除艺术团外，还有商贸公司、旅行社、音像服务公司、珠宝公司、化妆美容公司、刘三姐乐园、房地产开发公司等。

　　这是以刘三姐民族文化为灵魂的跨行业的集团公司，它立足于桂林，借助刘三姐与黄婉秋的影响，吸引海内外资金与人才。

　　刘三姐企业集团诞生还不到一年，就已名震海内外。

　　1994年8月，艺术团应邀出访日本，受到热烈而隆重的欢迎。美国、新加坡、德国、荷兰也发来邀请书，希望能到他们的国家访问演出。

　　11月，黄婉秋与何有才应邀参加了全欧洲华人演唱大赛。黄婉秋珍惜并利用这个机会，积极向海外宣传中国的民族文化。

1995年5月，艺术团受马来西亚邀请，一行15人登上了客机。马来西亚人听说"刘三姐"来了，奔走相告："刘三姐，刘三姐！我们想看刘三姐。"

艺术团所到之处万人空巷，20世纪60年代看过影片《刘三姐》的人没想到"歌仙刘三姐"的化身黄婉秋会出现在台前，许多人泪流满面。

刘三姐就是黄婉秋，黄婉秋就是刘三姐。大家几乎把黄婉秋的名字给忘了，这对一个演员来讲，可以说是最高的成就，因为很多艺术家穷其一生，希望自己的名字能跟自己喜爱的角色联系在一起，却无法做到。黄婉秋却做到了，她成了"刘三姐"的化身。

刘三姐的声誉引来了巨大投资。刘三姐商贸公司很快吸引了1300万元港币的投资。五层的商业大楼高效率装修，逐层开业。

集团公司以刘三姐为旗帜，引来几员经营管理方面的干将，原桂林市医药管理局副局长刘及响出任集团公司总经理，原桂林市华侨饭店经理杨晓梅出任副总经理。他们对于开办这家独具民族文化特色的企业充满信心。

商界人士加盟，无疑给刘三姐集团公司在文化优势的基础上带来管理上的优势。两处优势的联合，势必给集团公司带来发展的巨大动力。

不论文化界人士还是商界人士，在如何弘扬刘三姐民族文化的问题上认识完全一致。

他们认为：要最大限度地发展集团公司，非提高自己的文化品位不可。即便是商贸活动,本公司也要有别于一般商家,要搞高精尖特,以形成独特的竞争力。比如,他们商业大厦经营的商品汇集了国内外的名牌精品,购物者不出大厦就可以买到世界名牌日用品,从而显示出高品位的商业文化特色。

在集团下属的各子公司里,除艺术团外,黄婉秋格外醉心于刘三姐乐园的规划。

黄婉秋心中一直萦绕着一个美好的愿望,即创办一个充满壮家风情、洋溢刘三姐氛围的民族文化园地,让刘三姐在人们心目中再活过来。

她曾看上了当年《刘三姐》中拍摄刘三姐与阿牛定情戏的外景地阳朔县龙门村。

村后有座铁山,村前有条河,河对岸有片平地,屹立着一棵盘根错节的千年古榕树。榕树枝壮叶茂,覆盖面达百平方米。

就在这棵盘根错节的千年古榕树下,刘三姐对阿牛唱出了"山中只有藤缠树,世上哪有树缠藤;青藤若是不缠树,枉过一春又一春",点拨阿牛表白爱情,并把一只定情的绣球飞抛给他。

随着《刘三姐》风靡全国,大榕树也因而出名。后来,到桂林的游客必游漓江,游漓江必到阳朔,到阳朔必去大榕树,每天,这里游人如织,多达数千人。

乡里已将这块宝地围了起来,售票开放。大榕树下,小河之上,都租刘三姐服装和竹筏,村人生意兴隆;游客打扮成刘三姐的模样，再往竹筏上一站，留张照片纪念，这自然是妙不可言的事。

黄婉秋的公司原本想将这块景地租过来，办一个高文化品位的刘三姐村，艺术团可以在此大显身手，为中外游客表演对歌、抛绣球，让刘三姐再活起来，但由于价格过高而只好作罢。

后来，她和公司的同仁们看中了市区漓江中的伏龙洲小岛，经过一番努力，市政府把它批给了公司。

"刘三姐"是黄婉秋的梦，这个梦正一步步实现。

的确，刘三姐在黄婉秋心中是永恒的。

可以毫不夸张地说，黄婉秋的生活目的与事业追求离不开刘三姐。刘三姐是壮族人民哺育出来的女儿，也是壮族文化乃至整个中华民族文化的象征。

有人说黄婉秋是个成功的艺术家和商人，但她作为企业集团的董事长兼艺术团团长，把大部分精力和心血花在了艺术团上。

她把艺术团当做了刘三姐集团的灵魂，说如果单纯为了赚钱，就失去了创办刘三姐集团的初衷，她要通过公司宣传祖国文化，将刘三姐精神传下去，这才是创办刘三姐集团的真正目的。

面对激烈的市场竞争，黄婉秋又制订方案：在全市各大宾馆进行专场演出……直至把刘三姐艺术团办成一个国际性艺术组织，让中华民族的优秀文化在世界艺术园地里大放异彩。

桂林市市长袁凤兰以女性特有的细腻与周到，为黄婉秋的下海做了周全的考虑。

她为黄婉秋调配了几位谙于经营管理的好手出任正副总经理，便是出于爱护"刘三姐"，让她有更多的精力去从事纯文化方面的业务，而经济上的事务由老总们去负责，她只任董事长。

袁凤兰用心良苦："公司难免要出现一些经济上、法律上的纠纷，我们要爱护'刘三姐'。"

曾经有一个著名影星对黄婉秋说："你一个刘三姐吃了一辈子，值了！我们多少演员一辈子拍片无数也难以让人们记住。"

黄婉秋觉得还是桂林的山水造就了刘三姐，造就了自己。她说："电影《刘三姐》给人们的印象太深刻了，我的形象就成了人们心目中的刘三姐，所以不管我走到哪里，人们都叫我'刘三姐'。记得我当团长的时候，同事叫我'黄团长'，半天我都不知道在叫自己，但是如果有人叫'刘三姐'，那一定是在叫我。我想，团长是短暂的，可是'刘三姐'却是伴随我一生的。"

黄婉秋从不午睡，却很少有倦态。问她有何独特的养生之道，她笑曰："主要在于精神上的满足。当我在乡下演出看到乡亲们早早拿着板凳从几十里外赶来观看时，我觉得我的工作很有意义，值得自己用毕生精力去追求。因此，越干越有劲，也就不知什么叫累了。"

黄婉秋下海了。黄婉秋虽说登上了经济舞台，却并未告别艺术舞台。她尝试着用实践探索如何将这两种舞台有机地串联起来，既要唱好经济戏，更要唱好文化戏。要知道，离开了文化，离开了刘三姐，她就不是黄婉秋了！

虽然大海壮阔，但吉凶难料。不管前路怎么艰险，作为决心为民族文化奉献一切的"刘三姐"，她是不会知难而退的。

本书主要参考资料

《大突破》马立诚著 中华工商联合出版社

《1975—1982：难忘这八年》程中原著 世界知识出版社

《商海明珠：中国名人学者下海纪实》乔安编著 团结出版社

《商海蛟龙：当代中国商海巨子的成功之路》周石 张志明编著 团结出版社

《走向大海：中国第三次经商浪潮纪实》郑刚 汪潇编著 团结出版社

《海边拾贝：第二职业面面观》胡国民编著 团结出版社

《中南海三代领导集体与共和国经济实录》王瑞璞主编 中国经济出版社

《改革开放搞活一百例》《北京日报》总编室编 北京日报出版社

《改革开放30年重大决策纪实》汤应武著 中共中央党校出版社

《大浮沉》邢军纪等著 中国税务出版社